von Würzburg Konrad, Franz Roth

Der Schwanritter - eine Erzählung

von Würzburg Konrad, Franz Roth

Der Schwanritter - eine Erzählung

ISBN/EAN: 9783743632707

Hergestellt in Europa, USA, Kanada, Australien, Japan

Cover: Foto ©Andreas Hilbeck / pixelio.de

Weitere Bücher finden Sie auf **www.hansebooks.com**

DER SCHWANRITTER

EINE ERZÄHLUNG

VON

KONRAD VON WÜRZBURG

HERAUSGEGEBEN

VON

DR FRANZ ROTH

FRANKFURT AM MAIN

GEDRUCKT IN C. NAUMANN'S DRUCKEREI

1861

DER

ZU FRANKFURT AM MAIN TAGENDEN

ZWANZIGSTEN VERSAMMLUNG

DEUTSCHER PHILOLOGEN, SCHULMÄNNER UND
ORIENTALISTEN

HOCHACHTUNGSVOLL ZUGEEIGNET

besitzen sîne hêrschaft.
vëht, alsus wart dô kriechaft
dër herzog ûz dër Sahsen laut
mit dirre frouwen alzehant
umb ir liute und umb ir guot;
durch sînen hôhen übermuot
bestuont ër si mit strite.
si liez in bî dër zîte
hantvesten unde brieve sëhen,
10 swie vor dën hërren was geschëhen
mit rëhte daz gedinge,
daz âne misselinge
daz lant ir erbe solde sîn.
daz truoc die wërden herzogîn
15 gar lützel unde kleine für,
wan ir nâch sînes hërzen kür
dër fürste rich von Sahsen
liez grôzen schaden wahsen.
Er quam geriten in ir lant
20 mit gewaldeclicher hant
und mit sô grôzer hereskraft,
daz sich diu frouwe tugenthaft
mit nihte kunde sîn erwern:
wan ër begunde si verhern
25 mit roube und ouch mit brande.
an liuten unde an lande
wart ir verlust vil manecvalt.
kein ritter was in ir gewalt,

dër ime getörfte widerftân;
ir dieneftliute fi verlân
mit hëlfe dô begunden;
dëm fürften fi enkunden
gurliugen noch geftriten,
dâ von ir zallen ziten
dër fürfte vil ze leide tete.
ër brach ir dörfer unde ftete
mit fchedelichen reifen:
ze nœten und ze freifen
dës tët ër vil unde gnuoc.
ze jungeft fich diu zit getruoc
von wilder âventiur alfô,
daz dër künec Karle dô
rilichen, als ein rœmfcher voget,
quam in daz Niderlant gezoget
und wolde drinne rihten
und allez daz verflihten,
daz für in quæme dô ze klage,
als noch hiute und alle tage
billîche ein rœmfcher künec tuot.
ër quam in eine vefte guot
mit dër hovediete fîn,
diu lit, dâ fich dër fnëlle Rîn
wil fœwen unde ergiezen
und in daz mer kan fliezen,
als ëz noch manegem ift bekant;
Niumâgen ift diu burc genant,
dâ Karle nider fich geliez.
ër hat dâ künden unde hiez
dën liuten von dëm lande fagen,
fwër vor im iht wolde klagen,
daz dër für in dô quæme
und guot gerihte næme
nâch fîne rëhten alzehant.
diu herzogîn ze Brâbant
als fi vernam diu mære,

dô quam diu tugentbære
mit ir tohter wunnevar
für dën erwelten künec dar
und fuochte an im gerihte fâ.
nû was ouch bî dër zite dâ
dër herzog ûz dër Sahfen laut
und manec hërre wîte erkant,
die gërne fuochten finen hof,
und manec wërder bifchof,
dër hërze tugende fich verfan;
grâven unde ouch dieneftman,
herzogen unde frien gnuoc
und mauec richer fürfte kluoc
die wâren ûf dëm palas.
dô Karle ûf ein geftüele was
gefëzzen durch gerihte,
vor finer angefihte
begunde klagen alzehant
diu herzogin von Brâbant
unde ir tohter junc diu maget.
zuo dëm ûz Sahfen dô geklaget
von in beiden fêre wart.
die frouwen rich von hôher art
dëm künge ir fchaden feiten,
ir ungemach fi leiten
dën ôren fin mit rede für,
fwie fi nâch fines hërzen kür
vertribe dër herzog âne fchult
und fwaz ër grôzer ungedult
an in begangen hæte
mit worten und mit tæte.
Nû fi vor Karlen beide
mit jâmer und mit leide
geftuouden klegelich alfô,
vil fchiere wart befchouwet dô
ein fremedez wunder ûf dëm fê,
daz man gefach nie keinez mê,

daz wunderlicher wære
und ouch sô tugentbære.
105 Dër kinec dô blicte nëben sich
aldurch ein vënster wunneclich,
dô spilrte ër, daz ein wizer swan
floue ûf dëm wazzer dort hër dan
und nâch im zôch ein schiffelin
110 an einer ketene silberin,
diu lûter unde schône gleiz.
dër vogel sich dës harte fleiz,
daz ër die kleinen arken
gezüge von dëm vil starken
115 wilden wâge unmâzen tief.
ein ritter in dëm schiffe slief,
dër hëte sich dar in geleit,
dar über ein spalier was bekleit,   *1031. 1046. 1275.*
daz liehten schin dën ougen bar
120 von palmâtsîden rôsenvar,   *9, 66*
in dëm diu sunne spilte.
dër helt ûz sîne schilte
gemachet hët ein küssin   *g̃rt. 1348, 4.*
ûf dëm sô lac daz houbet sin
125 durch ruowe dâ besunder.
ich sage iu von im wunder,
wëlt ir mit willen sin gelosen: *j. fr. 1492.*
sin hëlm, sin halsbërc unde hosen
diu wâren nëben iu geleit,
130 ër hëte sînin wâfenkleit
mit im gefüeret ûf dën sê.
dër swane wiz alsam dër snê
fuorte an ime dën swæren soum.
dër sëgel und dër mastboum
135 dës schiffelines wâren guot.
dën ritter ûf dës wâges fluot
zôch dër vogel dort hër dan:
in fuorte als ëbene dirre swan,
daz nie kein marner ûf dëm mer

140 ein schif geleite funder wer
sô wol, als in dër elbez tete,
wan ër in zuo dës landes stete
gar ordenlîche wîste.
und dô dër hôchgeprîste
145 künec Karle daz ersach,
dô stuont ër ûf unde sprach:
'wil ieman schouwen unde spëhen
daz grœste unbilde, daz gesëhen
ie wart ze keinem mâle,
150 dër kêre funder twâle
mit mir zuo dës meres stade.
ein vogel ziuhet sô gerade
ûf dëm wazzer dort hër dan
ein schiffelîn und einen man,
155 daz man daz wunder nie bevant:
ër wil in füeren an diz lant
ab dës vil tiefen meres fluot.
wol ûf, ir mæren helde guot,
und îlent mit mir an dëu sê!
160 dër elbez wiz alsam dër snê,
geverwet sô daz blüende ris,
dër kêret dar ûf sîne wîs,
daz ër dën helt geleite
ze lande vil gereite
165 und in ze stade bringe.
sô wunderlicher dinge
wart sëlten ie geschouwet iht,
sô daz man einen vogel siht
ûf wazzer füeren liute.
170 swaz ouch sîn kunft betiute,
si zeiget fremdiu mære:
ein ketene wunnebære,
diu von silber ist geslagen,
ist im gesmidet umb dën kragen
175 und an daz schiffelîn geworht:
ër wil dën ritter unervorht

hër wifeu zuo dër vefte.
got hât uns wilde gefte
gefant hër ûf dëm wâge wit;
140 ein ritter in dëm fchiffe lit,
dër ift dar in entflâfen,   2ᵇ
fin harnafch und fin wâfen
glanz unde miffewende fri
fint im geleit vil nâhe bi.
145 Diʒ mære unmâʒen wilde
daʒ dûhte ein grôʒ unbilde
die ritter algemeine,
die bi dëm künege reine
wâren ûf dëm witen fal.
150 geloufen quâmenf über al
hin abe dëm hûs alzuo dëm fê.
nieman beleip von liuten mê
dës mâles ûf dër vefte guot,
wan die frouwen ungemuot,
155 die klagen wolden bi dër zit:
dër ungemitete was fô wit
und alfô breit ir fwære,
daʒ fi niht fremder mære,
noch âventiur geruochten;
160 wan fi gerihte fuochten
vil gërner, danne wunder.
dâ mite und ouch hier under
die arken hête do dër fwan
gewifet zuo dër vefte dan   3, 50
165 und was mit ir ze lande komen,
dâ von dër ritter ûʒ genomen,
dër in dëm fchiffeline flief,
was ûf dëm wilden wâge tief
erwecket unde erwachet.
170 ûf hêt ër fich gemachet
vil fchiere ûʒ finer arken,
dës wart dër helt mit ftarken
êren fchône enphangen,

wan Karle quam gegangen
im engegen an daz mer
mit eime ritterlichen her
unde enphienc in alfô wol,
daz man enpbâhen nimmer fol
baz dekeinen jungeline.
ër hiez bebalden finiu dine
und wart von finer künfte frô.
'got weiz wol, hërre,' fprach ër dâ,
'daz iuch ein fremder marner hât
an alle fchemclîche tât
geflieret hër in unfer lant.'
dâ wurden ime vil wol zehant
diu liehten wâfenkleider fin
getragen ûz dëm fchiffelin
und wurden ûf die burc gefant.
dô nam dër künec fâ zehant
dën wërden ritter ûz erwelt
und fuorte dën kürlichen helt
mit ime von dannen ûf daz hûs.
die liute machten iren grûs
von difem wunder wilde,
daz fin erwelltez bilde
ein elbez hëte dar gezogen.
dër helt an manheit unbetrogen
dën vogel hiez dô këren dan:
'fliuc dinen wëc, vil lieber fwan!'
fprach ër güetliche wider in.
'fwenn ich din aber dürftec bin
und dich in nœten brûchen fol,
fô kan ich dir geruofen wol
und dich hër wider bringen.'
seht, dô begunde fwingen
dër elbez balde ûf fine vart;
daz fchiffelin geflieret wart
mit im von dannen über fê:
man fach ir beider dô niht mê,

wan fi dô funder lougen
dëu liuten abe dëu ougen
fchier unde balde wâren komen.
dër gaft hin ûf daz hûs genomen
255 von dëm erwelten künege wart.
durch fine ritterlichen art
wart ër ze wunder an gefëhen,
man dorfte keinen ritter fpëhen
nie fô wunneclichen mêr.
260 dër künec gewaltec unde hêr
gienc an fin geftüele wider
und faz an daz geribte nider,
als ër gefëzzen was dâ vor:
dër gaft ouch nëben in enbor
265 gefetzet wart von finer hant
für mangen fürften wite erkant.
Nû Karle an fin gerihte quam
und aber fich dës nue genam,
daz ër dô wolde rihten
270 und allez daz verflihten,
fwaz krumbes dinges wære dâ:
dô ftuont eht aber ûf iefâ
diu herzogin von Brâbant.
fi nam ir tohter an ir hant,
275 diu glanz was unde reine:
von fleifche noch von beine
wart ein kint als ûz erkorn
in Brâbanden nie geborn,
fô diu vil keiferliche fruht.
280 an ir lac êre mit genuht
an libe nud an geläze:
liutfælec ûz dër mâze
fô fchein diu guote bi dër zit.
fi zierte ein grüener famit,
285 dës truoc fi mantel unde roc
und hermin was daz underzoc
dër wunneclichen wæte:

ein fchapël ûfe hæte
diu fchœne und diu vil klâre,
290 daz lûhte von ir hâre
von golde und ouch von gimmen.
und hæte fi niht grimmen
und angeftbæren fmërzen
gebabet an ir hërzen
295 umb ir liute und umb ir laut,
fô wære an ir dër wunfch bekant
und aller fælden überhort.
ir muoter klegelichiu wort
leit aber umb ir fchaden für
300 dëm klünge rich von hôher kür:
fi bat gerihtes unde fpruch:
'lât iuch mîn bitter ungemach
erbarmen, hërre tugende rich.
fit iu nie keifer wart gelich
305 ûf erden an gerëhtekeit,
fô rihtet mir diz hërzeleit,
daz ich an alle fchulde
von dëm herzogen dulde
ûz Suhfen, dër hie vor iu ftât
310 und âne rëht vertriben hat
von liuten und von lande mich;
durch übermuot hôchverteclich
tuot ër mir ungenâde fchin.
ër wil mich und die tohter mîn
315 an guote gar verderben
und alles dës enterben,
dës wir ze lëben folten hân.
fwaz uns hie gëltes wart verlân
von dëm herzogen Gotfride,
320 dër von getriuwes hërzen lide
was unfer beider friunt bekant,
daz wil mit frevelicher hant
verftôzen uns fin bruoder doch
und wizzen ëz die liute noch

geliche und algemeine,
daz uns dër fürſte reine
Gotfrit ſin lant beſitzen hiez
und uns Brâbant zeim erbe liez,
ê daz ër fuor ûf gotes vart.
uns beiden ëz gemachet wart
von ſiner milten hant alſô,
daz ër uns gap dës brieve dô,
daz wir dës landes wielten
und immer ëz behielten
beid in gewalte und in geber;
ſeht, alſus kêrte ër über mer
und iſt dâ leider tôt beliben.
ſit hât ſin bruoder uns vertriben
mit roube und ouch mit brande.
ër wil uns von dëm lande
vertriben funder alle ſchult,
daz ir uns rihten, hërre, ſult
durch iuwer ſælde künneclich.
lât mine tohter unde mich
gnâd unde rëht beſchouwen,
ſô daz uns armen frouwen
belibe guot, liut unde lant,
daz uns von mines hërren hant,
dër ein fürſte was von art,
offenlich gemachet wart.'
Dër herzog ûz dër Sahſen lant
dër rede antwürte bôt zehant
ſchôn unde witzecliche alſô.
'got weiz wol, hërre,' ſprach ër dô,
'daz ich unrëhtes niht engër.
Brâbant hât geflieret hër
daz rëht vil mance hundert jâr,
daz drinne mac kein frouwe klâr
gebieten noch gewalten ſin,
ſwie doch diu wërde herzogin
dar ûf mit flize ſtelle,

daz fi dës landes wëlle
mit ir hêrfchefte pflëgen.
fit daz min bruoder tôt gelëgen
nû jenfit meres leider ift,
fô diuhte mich daz, wizze Crist,
von fchulden ungebære,
daz ieman für mich wære
gewaltec in Brâbanden;
ëz fol in minen handen
beliben unde in miner pflihl.
wip unde tohter erben niht
die fëlben hôhen hêrfchaft,
ein fun belibet erbehaft
unde ein man dar inne wol,
dâ von ich dâ billiche fol
ein herzog unde ein hërre fin.
Gotfrit, dër * * bruoder min,
ift âne fun gefcheiden hin,
dâ von fô heize ich unde bin
fin erbe gar mit rëhte,
wan ime ift von geflehte
nieman fô nâhe fippe, als ich.
war umbe folte ieman für mich
gewaltec fin ze Brâbant?
joch muoz dâ dienen miner hant
alt unde junc, man unde wip.
fit daz dekeiner frouwen lip
befitzen fol daz fürftentuom,
fô wil ich finer wirde ruom
an mich dâ ziehen unde lëfen
und an mins bruoder ftete wëfen
herzoge vil gewaltec,
dës gülte maneevaltec
von erbe ûf mich gevallen fint.
fwie gar von rëhter ê fin kint,
min niftel, fi, doch hât fi niht
ze finc lande ftæter pfliht,

noch fol ze rëhte ëz niht bewarn,
wan ër ift âne fun vervarn,
dër finiu lant befitzen
mit kreften und mit witzen
von wâren fchulden folte.
fwër mir fin erbe wolte
enpflœhen ûz dër hende min,
ër müefte vil gewaltec fin
über mich naht unde tac.
dën kriec, dën ich geleiften mac, /. 52?.
dën müefte ër immer liden,
é daz ich wolde miden 3, 6a
daz rëht vil manger haude,
daz ich hân zuo dëm lande.
Diu frouwe dô mit leide fprach:
'ze kriege wære ich iu ze fwach
und ouch min tohter leider,
ir wærent unfer beider
und ouch dër lantrifiere fîl.
gewaltec worden fchiere,
heftüenden wir iuch ftrites.
fô breites noch fô wites
betwingen wir niht beide hân,
daz iu getörfte widerftân
mit urliug unfer zweier lip:
wir fin zwei kreftelôfin wip:
dâ von fô mügen wir niht urlógen /V3., ~~~ (~~~)
mit eime richen herzogen,
dër guot hât unde fterke.
die nôt dër künec merke
und hëlfe uns hie gerihtes:
wir beide enmuoten nihtes, 4ᵃ (5ᵃ)
wan daz uns unfer rëht gefchëhe
und ër geruoche, daz ër fëhe
die brieve und dër hantveften kraft,
fwâ mite uns wart diu hêrfchaft
dës landes wol beftætet.

ſit im ſin triuwe rætet
ér unde ganze wârheit,
ſô lâʒe uns ſin gerëhtekeit
an guote niht vertriben
und hëlfe uns armen wiben,
daʒ wir behalten unſer lant.
hie wirt geziuge vil bekant
dër dinge, daʒ dër hërre min
uns beiden hât daʒ erbe ſin
mit frier hant gemachet. ſo.
ſwër uns dar über ſwachet
und uns an gëlte wil verhern,
daʒ ſol dër wërde künec wern
und ſin gerihte manecvalt.
man tuot uns beiden hie gewalt,
daʒ wiʒʒen die lantliute wol
und manec hërre tugende vol,
vor dën geſchëhen iſt daʒ dinc,
daʒ uns dës landes umberinc
Gotfrit ze rëhtem erbe lieʒ
und uns Brâbant beſitzen hieʒ,
ob ër niht wider quæme,
gebære und ouch gezæme
was dannoch ſiner ſrien hant,
daʒ ſine gülte ër und ſin lant
gap, ſwar in ſin wille truoc:
jâ, ëʒ enwas kein ungefuoc,
ob wir an ſiner hende
ân alle miſſewende
milt unde gnâde funden.
gevangen noch gebunden
was dër helt dës mâles niht,
do wir ſin lant in unſer pfliht
enphiengen von dëm fürſten balt.
er hëte dannoch dën gewalt,
daʒ ër nâch ſinem muote
mit libe und ouch mit guote

moht unbetwungenliche lëben.
dâ von ër uns getorſte gëben
ſin lant und ſine liute wol.
dar an dër künec, min hërre, ſol
erbermeclichen hiute ſëhen,
und lâʒe uns hie daʒ heil geſchëhen,
daʒ wir behalten unſer habe,
die man uns hie wil brëchen abe
gewalteclîche und âne rëht:
ër zeige uns ſin gerihte ſlëht
und ſiner gnâden ſtiure,
od uns wirt leider tiure
daʒ wir zeim erbe ſolten hân,
wil niht ſin hëlfe uns bî geſtân.'
Antwürte gap dër künec dô
dër frouwen unde ſprach alſô:
'geloubent, wërdiu herzogin,
daʒ man in gerihtes ſchîn
gërn unde willeclichen tuot;
in ſol dër herzog iuwer guot
mit fride lân und iuwer laut:
daʒ fürſtentuom ze Brabánt,
dâ ruoche ër ſich ze ziehen;
unrëhte ſache fliehen
ſol ër durch unſer aller bëte.
wan ëʒ gelimpfes niht enbëte
und âne fuoge ware,
ob ër ze klagender ſware
iuch brœhte ân alle ſchulde.
unrëht ich küme dulde
und mac ſin niht geliden,
dâ von geruoche ër miden
gewalt und übermüetekeit.
ſwaʒ im erteilent ûf dën eit
die fürſten alle umb iuwer klage,
daʒ ſol ër âne widerſage
durch mînen willen ſtæte lân.

510 in beiden muoz hie rëht getân
vor mînen ougen wërden.
fit daʒ mich got ûf ërden
zeime rihter hât gezelt
und ich ze künge bin erwelt,
515 fô weiʒ ich unde erkenne wol,
daʒ ich durch wâre fchulde fol
die krumben fache flihten
und einem armen rihten
als eime rîchen alle frift.
520 dâ von gebiute ich, wiʒʒe Crift,
dëm fürften ûʒ dër Sahfen lant,
daʒ ër mit liebe fâ zehant
dën krieg hie lâʒe fcheiden.
hât ër getân in beiden
525 mit fchedelicher ungedult
fchaden iht ân alle fchult,
daʒ wërde von in widertân.
fult ir Brâbant zeim erbe hân,
daʒ lâʒe ër in, fô tuot ër wol;
530 ift aber, daʒ ër haben fol
die fëlben lantrifiere,
fô nëme ër fi vil fchiere
und fi dâ mite an dirre zit
gefcheiden iuwer beider ftrît.'
535 Dër hërre wol gewahfen,
dër fürfte rîch von Sahfen
fprach aber als ein frevel helt:
'hërr, ich tuon allez, daʒ ir wëlt,
wan daʒ ich niht ûʒ miner hant
540 daʒ fürftentuom ze Brâbant
als üppecliche lâʒe.
ich hân wol in dër mâʒe
rëhtes zuo dër hêrfchaft,
daʒ ich mit aller miner kraft
545 daʒ lant mac fchirmen unde wern.
fwër mich dâ gëltes wil verhern,

daz ûf mich gevallen ist,
dër muoz ze dirre sëlben frist
mit bitterlichen swërtes slegen
mich ûz mînem rëhte wegen
und von dëm kriege trîben.
Brâbant muoz mir belîben
od ich dar umbe ligen tôt:
man sol dës herten kampfes nôt
dën kriec noch hiute scheiden lân.
wëlle mich ieman bestân,
dër kome hër, ich bin bereit,
daz ich dës kampfes arebeit
wil dulden unde lîden,
ê daz ich wëlle mîden
mîn erbeschaft ân endes zil.
swër mit dëm eide erzeigen wil,
daz mîn niht heize Brâbant
dëm wirt genomen abe sîn hant
schier unde in kurzer stunde.
hie muoz ein tœtlich wunde
bewæren ûf ein ende
und hant engegen hende,
swër disen kriec beherten müge.
an brieve lieze ich unde züge
vil harte ungërne mîniu rëht:
man schrîbet an ein përmint slëht,
swës man geruochet unde gërt,
mit dëm sô wære ich ungewërt
dës guotes und der gülte mîn.
hie sol diu wërde herzogîn
ir einen kempfen hiute nëmen
und lâze mir und im gezëmen,
daz dirre kriec gescheiden
wërde von uns beiden,
alsô daz wir hie strîten:
und swër bî disen zîten
die sigenunft ervëhte,

dër habe daz laut ze rëhte,
daz dâ Brâbant heizet
und 'uns' ze kriege reizet.'
Diu frouwe von dër rede erfchrac,
wan ir daz dinc fô nâhe lac, 3, 72
daz fich dër kriec ze kampfe zôch,
wan dër Sahfen fürfte hôch
fchein alfô krefte riche,
daz niender fin geliche
lëbt über allez Niderlant
und man dekeinen ritter vant
als ellenthaft ze Sahfen.
ër was fô lanc gewahfen, 535? '223
daz ër ze rifen wart gezelt,
dâ von dën ftrîtebæren helt
nieman getorfte dô beftân.
diu frouwe keinen mohte hân
dër mit im ftrites pflæge;
dës wart an freuden træge
daz wërde wîp von hôher art.
dër künec fëlber trûrec wart,
daz man dô kempfen folde,
wan ër gelouben wolde,
daz nieman würde funden
fô frëcher bî dën ftunden,
dër für die frouwen væhte
und ûz ir muote bræhte
forg unde bitter ungemach.
dâ von ër dô mit leide fprach:
'frouwe, ir hânt gehœret wol,
daz dirre kumpf gescheiden fol
mit strîte wërden hiute.
dës manent iuwer liute 3, 73
mit gebote und ouch mit bëte,
daz für iuch etelicher trëte
und iuch mit finer hant verwëfe, 5°
durch daz hie dëfte baz genëfe

an freuden inwer hërze guot,
dëm von schulden hôher muot
muoz fremden unde leiden.
liez aber anders scheiden
675 dën kriec dër herzog ellenthaft,
daz wolde ich und mîn ritterschaft
verdienen immer wider in.'
'nein,' sprach ër, 'ich hân dën sin,
daz ich ê stërben wolde,
680 ê sunder kampf hie solde
diz dinc verslihtet wërden.
swër mich von mîner ërden
wil triben unde ûz mîner habe,
dër wizze, daz ich nimmer abe
685 daz gestœze im dinge.
hie muoz in eime ringe
dër kampf bî namen enden
mit swërten und mit henden.'
Diu frouwe sich dô schiere enstuont,
690 alsam die wisen alle tuont,   3, 74
daz si mileft einen kempfen hûn,
od aber von ir lande gân
und von ir erbescheste.
dâ von mit leides krefte
695 diu schœne dô begunde
an dër sëlben stunde
in sorgen vaste ringen:
si liez alumbe swingen
ir lûterbæren ougen,
700 ob si dô sunder lougen
dekeinen ritter sæhe,
von dëm ir trôst geschæhe
und hëlferichiu stiure:
diu klâre und diu gehiure
705 stuont als ein wildez velkelîn,   5 d
daz nâch dër lîpnarunge sîn
ûf einer heude wartet.

ir liuten wart gezartet
von ir mit minneclicher bëte,
660 durch daz ir geholfen hëte
ir eteslicher bî dër zît.
fi ftuonden alle in widerftrît,
fô daz dekeiner an ir ftat
ze ftrîte noch ze kampfe trat.
665 Alſ ir tohter daz erſach,
daz in kein hëlfe dô geſchach
ûz al dër maffenîe,
dô wart diu wandels frîe
befwæret in ir muote
670 fô vafte, daz din guote
gar inneclichen weinde
und grimme klage erfcheinde
mit hërzen und mit munde.
diu fchœne bi dër ftunde
675 vil jâmers kunde vinden.
dô nieman enbinden
wolte ir ftrengez ungemach,
diu fchœne erbermeclîche fprach:
'nû riuwe ëz got dën wërden,
680 daz nieman ûf dër ërden
ift alfô rëhte guoter,
dër mir und mîner muoter
ze hëlfe kome hiute.
wir hân vil dieneftliute
685 und lützel nôtgeftalden.
fô fruechen noch fô balden
hân wir dekeinen ritter,
dër unfer angeft bitter
berinwen lâze fîniu lit.
690 wê, daz dër fürste Gotfrit,
dër mîn getriuwer vater hiez,
uns beiden fô vil gülte liez
und wir doch nieman vinden
fô milten noch fô linden,

⁶⁹⁵ dën unfer leit erbarme noch!
nû schuof mîn wërder vater doch
mit hôher und mit rîcher maht,   3, 76
daz ër Jerufalêm ervaht
und ër dâ wart gekrœnet;
⁷⁰⁰ fîn hërze was befchœnet
mit fô hôher tugende wer,
daz ine daz himelifche her
ze hëlfe quam mit krefte
und fîner ritterfchefte
⁷⁰⁵ vil ftiure lie zuo fliezen.
fuln wir dës niht geniezen,
ich und diu liebe muoter mîn,
daz mlleze gote von himele sîn
gar inneclîche hie geclaget.
⁷¹⁰ an uns fint alle die verzaget,
dër hëlfe uns folde bî geftân.
fît wir nû keinen ritter hân,
dër für uns kempfen mlleze,
fô ruoche uns got dër füeze
⁷¹⁵ mit fîner tugende liften
befchirmen unde friften
vor fchedelichen freifen.
dër witewen und dër weifen
lât immer fich erbarmen,
⁷²⁰ dër hëlfe mir vil armen
vaterlôfen kinde,
daz ich genâde vinde
an fîner hende milte:
er fî ze fridefchilte
⁷²⁵ mir gegëben hiute,
fô daz ich mîne liute   3, 77
und mîniu lant behalte   6ᵇ
vor kraft und vor gewalte.'
Die rede treip diu schœne maget.
⁷³⁰ von ir fô tiure wart geclaget
ir inneclîchiu fwære,

daz manec ritter mære
mit ir begunde weinen
und grimme clage erfcheinen
735 mit hërzen und mit munde.
nû daz alfô diu blunde
geftuont mit clegelicher nôt
und ir dô nieman bëlfe bôt,
dô ftuont dër ritter ûf zehant,
740 dër von dëm fwanen in daz lant
was geflieret unde brâht.
ër hëte fich dës vor bedâht,
daz ër dô wolde ir kempfe fin.
ër fprach: 'ir wërden herzogin
745 beide vil güetliche,
joch bin ich in diz riche
durch daz nû komen und gefant,
daz ich befchirmen iuwer lant
mit kampfe wil noch hiute.
750 fît iuwer dieneftliute
iuch hânt verlâzen âne trôft,
fô triuwe ich gote, daz erlôft
wërd iuwer lant von mîner kraft.
ir müezent wërden figehaft
755 und überwinden iuwer nôt,
od aber ich wil ligen tôt
vor iu beiden an dër zît.
wil ieman komen an dën ftrît
uud zeime kampfe wider mich,
760 dër ile eht und bereite fich: 3, 78
ich hân dës willen unde muot,
daz ich bî namen iuwer guot
vor allem ungevelle 6ᶜ
mit kampfe fchirmen wëlle.'
765 Von difen worten alfô frô
wurden die zwô frouwen dô,
daz fi vor liebe weinden.

die klâren wol erfcheinden,
daz ir gemücte in freuden fwanc,
770 guâd unde flizeclichen danc
dëm ritter fi dô feiten,
daz ër vor arebeiten
fi wolte fchirmen unde friden.
ër wart an ougen unde an liden
775 güetliche von in zwein gekuft.
dës wart in fines hërzen bruft
dër herzog ûz dër Sahfen lant
ûf zorn gereizet alzehant,
dâ von ër dô mit grimme fprach:
780 'hër gaft, daz ir min ungemach
fô giudeclichen duldet,
daz hân ich unverfchuldet,
wan ich getete iu nie kein leit,
ir fit ze balde ûf mich bereit
785 ze kampfe und zeime ftrite.
fwaz mir vor langer zite
mine altveter bânt verlân,
wërd ich dës fri von iu getân
mit freveliches hërzen gir,
790 fô quûment ir ze frtleje mir
in dirre lautrifiere pfliht. 3)
daz rede ich doch dar umbe niht,
daz ich ftrites wëlle enbërn:
fit daz ir kampfes wëllent gërn,
795 fô fit ir mir gemæze.
ob ich ze fêre entfæze
an iu diz wunderliche dinc,
daz iuch hër in dis landes rinc
gefüeret hât ein wilder fwan,
800 fô wære ich ein verzageter man
dës libes und dës muotes.
ich lâze iu niht mins guotes
dar umbe ûz miner klouber,
daz iuwer fremdez zouber

3, 79

6 d

iuch âne schedelichez wê
gefüeret hât hër über fê.'
Dër guft dër rede antwürte bôt.
ër fprach: 'ir lâzent funder nôt
unhübefcheit an iu gefigen:
daz ir mich zoubers hânt gezigen,
daz wil ich rihten, ob ich mac.
got weiz wol, daz ich nie gepflac
dekeiner galfterie.
fwie vafte iuch êren frie
mit unzühten iuwer lip,
doch wil ich difiu wërden wip
vor iu beschirmen hiute.   3, 80
ir müezent iu ir liute
mit fride lâzen unde ir lant,
mir brefte danne in miner hant
von grôzem ungelücke
diz fwërt in kleiniu ftücke,
daz ich gefüeret hân dâ hër.
ob iuwer lip uû kampfes gër,
als ir iuch hânt gerüemet,
fô wërdent hie geblüemet
in wâpenkleider wunneclich,
und zierent iuch, ich floufe mich
in die ftahelringe mîn.
kein dinc mac anders hie gefîn,
wan daz dër eine tôt gelige
und im dër ander ane gefige.'
Mit difen worten unde alfô
die zwêne ritter wurden dô
vil wol bereit ûf einen ftrît,   7ª (8ª)
fô daz in beiden an dër zît
niht eines ringes dâ gebraft.
dën künec bat dër wërde gaft,
daz ër im libe ein ros zehant,
wan ër dekeinez in daz lant
mit ime gefüeret hæte.

dô fprach dër êren ftæte
Karle wider in alfô,
daz ër geruochte fëlber dô
⁸⁴⁵ daz hefte ûz finen roffen weln.
ër hiez in bringen unde zeln
vil mangez dar befunder,
fô daz im keinez drunder
ze ftrîte lützel töhte,   3, 81
⁸⁵⁰ fwenn ëz fich niht enmöhte
enthalden finer drücke.
wan ër im ûf dën rücke
durch verfnochen vafte greif,
fô feie ëz nider unde fleif
⁸⁵⁵ zer ërden under finer hant.
ze jungeft einez wart bekant
vil fchiere finen ougen,
daz fich dâ funder lougen
vor fime drucke wol enthielt
⁸⁶⁰ und alfô grôzer krefte wielt,
daz in dës dûhte, ëz wære guot.
daz nam dër ritter hôchgemuot
gërn unde willeclichen dâ.
vil fchône gris und apfelgrâ
⁸⁶⁵ fô fchein daz ros von fnëller art;
vierfchrœtec ëz bekennet wart
und vorne zuo dër brüfte wît.
ëz wart von im ûf einen ftrît
vil wol bedecket und bereit.
⁸⁷⁰ ër leite finiu wâpenkleit
dâ fëlber fnëlleclichen an,   7ᵇ
fin zeichen was ein wizer fwan
von hermîne blanc gefniten;
gar tiure was fin kopf gebriten
⁸⁷⁵ von fiden fwarz alfam ein kol.
mit zobele was verdecket wol   3, 82
fin niuwer wunneclicher fchilt,
und lûhte ab im daz fëlbe wilt,

daz von dën wâpencleiden fin
bôt einen liehten blanken fchîn
und ime gelîch erlûhte.
dër ritter fëlber dûhte
geftôzen unde niht ze lanc,
fîn varwe fchein rôt unde blanc
und was fîn hâr brûn unde reit.
ër hëte finin wâpenkleit
vil fnëllecliche an fich genomen
und was hër abe dëm hûfe komen
gefwinde ûf einen grüenen plân.
man fach dën ritter wol getân
dës fwanen houbet mit dëm cragen
ûf fîme glanzen hëlme tragen.
Alfus quam ër ze vëlde
mit offenlicher mëlde
geriten bî dër zîte.
nû hët ouch fich ze ftrîte
bereit dër fürfte ûz Sahfenlant
und îlte gegen im zehant
geblüemet fchône dort hër dan.
ër fuorte wâpenkleider an
von famîte unmâzen guot.
fîn ros vor wandel was behuot,
wan ëz was rîlich unde frëch,
ëz lûhte alfam ein fwarzez bëch
und lief ëz als ein fnëllez wilt. 8.83
dër herzog einen tiuren fchilt
von zwein varwe ftücken .7ᶜ
dô für fich kunde drücken
nâch ritterlichem rëhte.
fîn halbez teil ftrifëhte
von zobel und von golde was,
daz ander ftücke, als ich ëz las, /33₂
daz fchein durchlinhtec wiz hermîn
und was von zobele rëhte drin
geleit ein halber adelar.

dër fürſte wol gezieret gar
ûf ſime glanzen hëlme kluoc
von eines pfâwen zagele truoc
zwô wunneclîche ſtangen
920 bedaht und umbevangen
mit golde lieht und edele
biʒ an die zwêne wedele
dër phâwenſpiegel vëderîn,
die glanzen wunneclîchen ſchîn
925 ûf dër plânîe bâren.
die ſtangen beide wâren
ûf dën hëlm durch liebten pris
geſchrenket ſchône in kriuzewîs.
Mit dëme zimiere quam gezoget
930 dër Sahſen herzog unde ir voget
und ſuochte ſînen kampfgenôʒ.
ër reit ein ros umnâʒen grôʒ
und ſchein ër ſëlbe ein michel man.
ër fuorte wâpenkleider an,
935 diu wol ze prîſe tohten.
hie wart von in gevohten 3, 84
ûf dëm plâne grüene.
die zwêne ritter küene
diu ros zeſamene twungen,
940 ſô daʒ ſi beidiu ſprungen
unmæʒeclîchen harte.
geſetzet an die warte
die frouwen wâren beide; 7 ᵃ
ûf der geblüemten heide
945 von liuten was ein michel rinc,
durch daʒ man ſtrîtbærlîchiu dinc
dar inne trîben ſolde.
dër künec ſëlber wolde
dën kampf dô gërne ſchouwen dâ.
950 dër himel einvar unde blâ
ſchein ſô rëhte vîn lâʒûr.
dô wart ein ſtrîten alze ſûr

von dën zwein widerfachen.
dër plân dër mohte erkrachen
955 durch dër fnëlleu rolle louf,
fchûm unde bluot dâ nider trouf,
daz in wart ûz gehouwen.
die kemphen liezen fchouwen
vil ritterlîche tücke.
960 fam ob fi wæren flücke,
fô flugen in die fchenkel;
fi kunden bein und enkel
zetal und ûf geflieren
und mit dën fporn gerüeren
965 diu fnëllen ros frëch unde balt.
rîlîchiu fterke manecvalt
wart an ir joft erzeiget:
gefenket und geneiget 3, 85
die fchefte wurden bin zetal.
970 fi trâfen ûf dës fchiltes wal
ein ander beide mit dën fpërn,
als ir gemüete kunde gërn
unde ir cllenthafter fin.
dër Sahfe wart geftochen hin,
975 dâ man dën hëlm dô ftricket,
daz ër vil nâch genicket
was von dëm fatele hinder fich.
dâ wider fô geriet dër ftich,
dën ër getân hët ûf dën gaft, 8ª (9ª)
980 alfô daz ime daz fpër zebralt
enmitten ûf dëm fchilte fin.
die fchefte in kleiniu ftückelin
unde in fpæne fich zercluben,
fô daz ab in ze bërge ftuben
985 die fchivern und die fprizen.
dar nâch die ritter flizen
dër fwërte fich begunden,
diu fi gefwinde kunden
gezücken ûz dën fcheiden.

990 fich huop dô von in beiden
alſô vermëʒʒenlicher ſtrit,
daʒ man enwëder ê noch ſît
ſô grimmes vëhtens nie geſach:
dër eine ſluoc, dër ander ſtach
995 ûʒ hôher mannes krefte.
ſi pflâgen ritterſchefte
mit hërzen und mit henden,
man ſach ſi wunder enden
mit ſtrîte ûf dër plâniure.
1000 dô ſtoup von wilden fiure
vil manec gneiſte rôtgemâl,
diu mit ir ſwërten ſunder twâl
ûʒ ir gewæfen wart getriben.
die ritter müeʒec niht beliben,
1005 wan ſi vâhten umb daʒ lëben:
ſlac under ſlac wart dô gewëben
und ſtich geflohten under ſtich,
ûf in diu wolken über ſich
die flege lûte erhullen,
1010 die von ir ſwërten ſchullen.
Die kampfgeſellen beide
ein ander ûf dër heide
ſich triben ümbe und ümbe,
ſi ſuochten wilde krümbe
1015 und wunderliche kreiʒe.
von ſlegen wart in heiʒe
und von ſtichen wê getân.
mit ſtahelringen wart dër plân
beſtröuwet und mit ſpænen.
1020 ſi wolden alle wænen,
dër gaſt dër viele tôt dâ hin,
wan dër herzog über in
was alſô lanc gewahſen.
dës wart im von dëm Sahſen
1025 ein ſlac gemëʒʒen und gegëben,
daʒ man für ſin erweltez lëben

genomen ha•te ein halbez ei.
dën fchilt dën fpielt ër im enzwei
mit alfô krefteclichen ftaten,
daz im durch halsbëre und durch platen
daz fwërt biz ûf daz fpalier dranc.
hæt ër dën ungefllegen fwanc
genomen hœher ûf dën fchilt,
weizgot, fô müefte dô verfpilt
dën linken arm dër ritter hân!
daz ûf dën fchilt dër flue getân
wart niderhalp dër riemen,
daz fchuof, daz in dô niemen
gefchouwen mohte funder arm.
der fwane blanc rëht als ein harm,
dër ûf dëm fwarzen fchilte lac,
dën fpielt enzwei dër felbe flac,
daz ër vil wîten fchranz enphienc.
daz ort dës fwërtes im dô gienc
durch allez fîn gewæfen hin.
wan daz daz fpalier fchirmet in,
daz vil guot palmâtfîde was,
fô müefte ër anders ûf daz gras
geftrûchet fîn ze tôde wunt.
an ime was vil nâch bî dër ftunt
mit ftrîte jâmer güebet.
diu frouwe wart betrüebet
und ouch diu maget kinfche
von dëm herten biufche,
dër ûf dën gaft dô wart getûn.
'wëlt ir mir nû mîn erbe lân?'
fprach dër herzoge wider in.
'fult ir mîn eigen ziehen hin,
ir müezent ëz verzinfen,
daz man ûz herten flinfen
noch fanfter gülte fchriete.
ër gît mir zeiner miete
niht anders wan dën lëbetagen,

3, 87

8ᶜ

3, 88

fwër iht dës mînen von mir tragen
gewalteclichen hiute wil.'
'dës zolles wære ein teil ze vil,'
fprach dër ritter mit dëm fwanen.
'inch fol diu milte dës ermanen,
daz ir fô hôher zinfe enbërt.
1070 fit daz ir miete von mir gërt,
fô machet fi geflîege,
wan ich unfanfte trüege
fô grimmes zolles überlaft.'
mit difen worten huop dër gaft
1075 daz fwërt enbor gefwinde.
mit blanker hende linde
wart ëz ûf herten ftrît gewent,
ër hët ûf einen flac gedent
mit alles fines hërzen kraft:
1080 dën Sabfen küene und ellentbaft,
dëm ër niht guotes gunde,
verweifen ër begunde
dës lîbes und dës vërhes.
im wart von im entwërhes   3, 89
1085 ein flac gemëzzen und geflagen,
dër ime daz kollier und dën kragen
durch unde durch alfô verfchriet,   8 d
daz ër in von dëm libe fchiet.
fin houbet, daz gezieret was,
1090 viel nider ûf daz grüene gras
und zuo dës plânes mëlme
beftürzet mit dëm hëlme.
Dës wâren die zwô frouwen frô.
die ritter fprâchen alle dô
1095 zuo dëm vil figebæren,
ër künde gar ze fwæren
zins dën liuten bieten.
daz got vor finen mieten
geruochte ir aller lip bewarn!
1100 fi wëllent fines zinfes varn

vil gërne lëdec unde blôʒ.
fus hëte grimmen fchaden grôʒ
dër Sahfen hërre dô gekouft.
1105 mit bluote wart fin lîp betrouft
und jæmerlichen ûf gehaben
und von dën liuten ër begraben
mit klegelicher fwære.
die frouwen tugentbære,
1110 liutfælec unde füeʒe
die nigen ûf die flieʒe
dëm wërden ritter an dër ftunt,
fi kuften in an finen munt
unde fprâchen beide dô
mit freuden wider in alfô:
1115 'Hêrr unde tugentrîcher helt,
fit inwer manheit ûʒ erwelt   3, 90
geboten hât uns beiden trôft
und uns von forgen tuot erlôft
gelîche und algemeine,
1120 fô nëment unfer eine
ze wîbe und zeiner frouwen,
durch daʒ ir lôn befchouwen

* * *

mit jâmer und mit leides gir: 9ª (11ª)
'waʒ wirret in? daʒ fageut mir,
1125 fô rëhte liep als ich iu fî.
daʒ iu won ungemüete bî,
daʒ ruochent mir durchgründen
und ûf ein ende künden.'
'Hërre, ich mac wol trûrec fin,'
1130 fprach diu wërde herzogîn,
'ich hân von in zwei fchœniu kiut,
diu beidiu wol gerâten fint,
und ift verborgen mir dâ bî,
von waʒ geburt ër komen fî,
1135 dër in ze vater ift gezelt.

mîn hërze daz hât iuch erwelt
für alle man ze liebe noch
unde ir bërgent mir iedoch
ze tougenlichen iuwer dinc.
1145 fit daz ir in dis landes rinc
bër quâment, fô getorfte ich nie
gevorfchen noch gefrâgen hie,
wër iuwer künne wære.
dër kumber und diu fwære
1150 ze hërzen mir gedrücket fint.
fô man nû frâget unfer kint
hër nâch umb ir geflehte,
fô künnen fi niht rëhte
befcheiden noch getiuten,
1155 von wëlher hande liuten
ir quæment hër in difiu lant.
ir mâge fint in unbekant
unde ir beften friunde namen:
fi müezen fich dës immer fchamen,
1160 daz fi niht wizzen umb dës lëben,
dër in ze vater ift gegëben.'
Dër ritter von dër rede erfchrac.
ër fprach: 'nû kan ich unde mac
wol hœren unde wizzen,
1165 daz ir iuch hânt geflizzen
mit willen ûf mîn ungemach.
iuch dunket, daz ich iu ze swach
ze wirte und zeime manne fî.
daz kiufe ich dar an und dâ bî,
1170 daz ir nâch mînen mâgen
alfus beginnet frâgen
und mîniu dinc ervaren wënt.
ich fihe wol, iuwer hërze fent
ûf mînen fchaden mit genuht.
1175 ir hânt bî namen iuwer zuht
vil fêre an mir zebrochen.
ir hëtent doch verfprochen

vorſch unde frâge wider mich
und iſt nû valſch und üppeclich
1175 al inwer rede worden;
ir hânt dër wârheit orden
vil fêre nu mir zetreunet.
ſit nû mîn hërze erkennet,
daz ir verſmâhent mîn gebot,
1180 trût frouwe, ſô genâde in got!
ich wil von hinnen ſcheiden:
ir möhtent wol uns beiden
baz unde rëhter hân getân!
geloubent ſunder valſchen wân
1185 und âne krieges widerſtrît,
daz ir nâch dirre tage zît
mich nimmer ſult beſchouwen.'
diu rede was dër frouwen
ſô grimmeclichen ſwære,
1190 daz diu vil tugentbære
gar inneclichen weinde
und grimme clage erſcheinde
mit hërzen und mit munde.
diu ſchœne bi dër ſtunde
1195 vil jâmers kunde vinden,
und ſi begunde winden
ir blanken hende beide
und ſprach alſus mit leide:
'Hërr unde tugentrîcher man,
1200 dëm ich vor al dër wërlte gan
vil êren unde guotes,
ſit niht ſô grimmes muotes
noch alſû zornec wider mich!
verkieſent, lieber friunt, daz ich
1205 geredet und begangen habe,
durch daz ich guotes willen abe
nâch reinen riuwen in geſtê.
daz ſol mich riuwen immer mê,

3, 92

3, 93

daz ir befwæret fit von mir.
1110 hërr, ich enwânde niht, daz ir
durch die vertânen frâge min
fô gar betrüebet foldent fin
und ich iuch trûrec müefte fëhen.
bî namen, mir ift hie gefchëhen
1115 diz diuc ân aller flahte vâr.
hæt ich getriuwet umb ein hâr,
daz ich als übel tæte,
fô wizzent, daz ich hæte
min üppeclichen rede verborn:
1120 dâ von fô lâzent allen zorn
und difen kriec erwinden;
niht fcheident von dën kinden,
diu beidin von in komen fint!
wër liez iu alfô fchœniu kint
1125 und alfô keiferliche fruht? 274
ob ir ie veterliche zuht
gewunnet unde friundes muot,
fô lânt iuch kint, wîp unde guot
getriuweliche erbarmen
1130 und lafet mich vil armen
ûz marterlicher nœte,   9ᵈ
wan ich mich felber tœte
von jâmer, unde wëllent ir
mit zorne fcheiden iuch von mir.'
1135 Diu herzogin die rede treip,   3, 94
dar umbe iedoch dâ niht beleip
dër unverzagete ritter.
fwie vafte ir angeft bitter
würde und ir befwærde
1140 mit rede und mit gebærde,
doch wolde ër langer niht beftân.
ër hiez vor fit diu kinder gân:
diu kufte ër unde fprach alfô
mit leide erbermecliche dô: 477.

'got dër behüete iuch lieben kint!
mich wëllent fëgel unde wint
von iu fô vërre flieren,
daz nimmer iuch berüeren
min ouge mac die wîle ich lëbe.
gelücke iu beiden fælde gëbe
und habe iuch got in finer pfliht.
belibens ift hie langer niht:
ich wil ûf mîne ftrâze hin.'
fus viel fin frouwe dô für in
und al fin wërdiu hovefchar.
mit nazzen ougen jâmervar
wart ër gebëten fêre,
daz ër durch gotes êre
und durch fin fëlbes tugent belibe,
noch fi niht alfô gar vertribe
an allen freuden immer.
fi jâhen, daz fi nimmer
gewünnen muot ze lëbene,
fchied ër alfô vergëbene
und âne fchulde dannen.
von frouwen und von mannen
wart im ze fuoz gevallen:
daz kunde niht in allen
gefromen umb ein halbez ei.
fich huop vor im dër græfte fchrei
von wibe und ouch von kinden,
doch wolde ër niht erwinden
an finer verte fâ zehant.
abe zôch ër ein rîch gewant
und leite dô fin fpalier an,
daz dër vil hôchgelopte man
mit im gefüeret hëte dar.
fin harnafch wunneclichgevar
wart im gefüeret an dën fê.
beliben wolde ër dô niht mê,

10* (12*)

9, 95

wan ër îlte fchiere dan.
dër fëlbe minnecliche fwan,
dër in hëte dar gezogen,
dër quam aber dô geflogen,
1285 als ër von im geheizen wart.
ër fuorte in balde ûf fine vart
in eime fchiffelîne kluoc.
daʒ fëlbe, daʒ in ê dar truoc,
daʒ wart in tragend aber fit.
1290 fus fchiet ër von dëm lande wit
und gap dën liuten finen fëgen.
vil jâmers wart nâch im gepflëgen
von fime fchœnen wibe
und von dër kinde libe,
1295 diu fin verweifet wâren.
man fach fi dô gebâren
fô marterlichen alliu driu,
daʒ ich mit tûfent mūnden in
niht möhte entfliezen al die clage,
1300 diu fi begunden an dëm tage,
dô von in dër hërre fchiet.
ouch weinde in al fin hovediet
und fin lantgefinde
vil fêre und vil gefwinde.
1305 Waʒ touc hie langer rede mêr?
dër ritter edel unde hêr
fuor fine ftrâʒe bi dër zît,
noch quam ër wider nimmer fit
ze kinde noch ze wibe.
1310 daʒ giene dër frouwen libe
ze hërzen und ze beine.
diu herzoginne reine
diu zôch mit flîʒe ir lieben kint.
von dën fit grôʒe hërren fint
1315 ûf gewahfen und geborn.
vil wërde fūrften ûʒ erkorn

von ir geflehte quâmen:
in wuohfen ûʒ ir fâmen
vil mäge und vil hêrliche nëven.
1320 von Gelre beidiu und von Clëven
die gràven fint von in bekomen
und wurden Rienecker genomen
ûʒ ir geflehte vërre erkant.
ir künne wart in manec lant
1325 geteilet harte wite,
daʒ noch aldâ ze ftrite
dën fwanen füeret unde treit.
man fol für eine wârheit
diʒ mære wiʒʒen und verftân.
1330 got dër hât wunders vil getàn,
daʒ noch unmügelicher was.
fit ich für wâr gefchriben las
von dëm herzogen Gotfride,
daʒ got durch fine ** lide
1335 unbilde tet bì finer zît,
fô mohte ër ouch diʒ wunder fît
an finer tohter wol begân.
Gotfride komen und geftân
lieʒ ër ze hëlfe und zeiner wer
1340 driftunt fin himelifchez her
und fante im zeime trôfte daʒ.
dà von gelonbe ich dëfte baʒ,
daʒ ër ouch lieʒ durch in gefchëhen,
daʒ in Brâbanden wart gefëhen
1345 dër wërde ritter mit dëm fwanen.
ich wil hie biten unde manen
alt unde junc befunder,
daʒ fi diʒ fremde wunder
niht haben gar für eine lüge
1350 und fi gelouben, daʒ got müge
erzeigen grôʒ unbilde.
dif âventiure wilde

hie mite ein zil genomen hât:
von Wirzeburc ich Cuonrât
wil ir zehant ein ende gëben.
got lâze uns hie fô wol gelëben,
daz wir befitzen immer dort
dër ëweclichen freuden hort!
      Âmen.

Die einzige handschrift, in welcher uns das vorstehende gedicht erhalten wurde, von dem verstorbenen dr. med Georg Kloss an die hiesige stadtbibliothek geschenkt, stammt aus der bibliothek des bischofs Johannes von Dalberg zu Worms. Auf dem vorsetzblatte der hs. hat der verehrte geber einige angaben über das schicksal derselben niedergelegt, die ich bei übersendung der abschrift des in der hs. auf den schwanritter folgenden Cato meinem freunde prof. Friedrich Zarncke mittheilte und die derselbe nebst der angabe des inhalts der hs. in seiner ausgabe des Cato s. 161 abdrucken liess. Die hs., fol., pap., unvollständig — in dem schwanritter fehlt das ursprünglich erste und zehnte blatt — umfasst jetzt noch 59 bll., ist im 14. jahrh. wohl am Niederrheine geschrieben worden und alle gedichte derselben erleiden durch den schreiber einmischung von mitteldeutschen (niederdeutschen) formen, wie schon Wilhelm Grimm in dem grossen rosengarten, nach dieser handschrift herausgegeben, eine zusammenstellung derselben aus diesem gedichte s. LXXXII ff. gegeben hat. Bei der seltenheit der durch die brüder Grimm herausgegebenen 'altdeutschen wälder', wo der schwanritter im dritten bande s. 52 — 96 steht, glaubte ich mich einer darstellung der lautverhältnisse und genauerer angabe der verschiedenheit der hs. gegen den aufgestellten text nicht entschlagen zu dürfen, unterliess jedoch, um raum zu sparen, jede verweisung in dieser beziehung auf Grimms grammatik und auf die angaben der herausgeber mitteldeutscher gedichte. Ausser stand noch den arbeiten des freiherrn Friedrich von Reiffenberg, Paulin Paris, von der Hagens, Jonckbloets und Wilhelm Müllers etwas neues über die sage beizubringen, beschränke ich mich nur darauf, den text, zu dessen berichtigung die altdeutschen wälder, Wilhelm Grimm in brieflicher mittheilung an mich und besonders Haupt in den anmerkungen zu seiner ausgabe des Engelhard beigetragen haben, in möglichst echte gestalt zurückzuführen, um so dieser erzählung, die ja zu den besten gedichten Konrads von Würzburg zählt, aufs neue geneigte leser zuzuführen. Möchte ich hinter dem ernsthaft von mir angestrebten ziele nicht allzu weit zurückgeblieben sein!

Herzlichen dank spreche ich bei dieser veranlassung den herren bibliothekaren dr. Friedrich Böhmer und dr. Theodor Hanrisen aus für die freundlichkeit, mit der sie mir diese, wie alle andern handschriften und bücher unserer stadtbibliothek zugänglich machten.

Die lesearten der handschrift folgen ohne weitere bezeichnung nur mit einem puncte hinter denselben.

2. 246. 336 Seht fehlt, seht alsus Meliur 13°, seht also troj kr. 206. 2939 und noch 36 mal. Pantaleon 926. 1258. 1360. 1504. 2132. Silvester 3588. seht dô troj. kr. 478. 524 und noch 12 mal. Mel. 13°. Silv. 152. 959 für seht dô Silv. 2009. 2793. turnier von Nantes 221. troj. kr. 1246. 19113

und für séht so *Engelhard* 4020 *dürfte man bei der nicht allzu treuen überlieferung der texte* seht álsó *lesen. wie hier fehlt* seht turn. 349. *Alex.* 776. — *ebenso fehlen wörter in der handschrift gegen den aufgestellten text* 202. 255. 272. 291. 328. 380. 382. 425. 431. 447. 465. 521. 528. 565. 610. 760. 805 905. 975. 1049. 1138. 1164. 1213. 1302. 1304. 1319 *und* 378. 1334, *in welchen beiden letzten stellen ich nicht zu ergänzen wagte.* leit hat *der schreiber* 695, sit 1242, ge (gesin) 830 *über den zeilen und sogar die ganzen verse* 243. 490. 660. 1111 *nachgetragen* krieghaft (*immer g für* c *im auslaute; nur* erschrack 1157). 3. hirtzog (*wenn nicht mit der abkürzung für* er, *mit* i *geschrieben;* c *nur* 93. *sonst noch* i (y) *für* c. *den umlaut des* a, *vor* r 315. 316. 428. 554. 569. 1054. 1060. 1077. 1273; fiuster 106; in-, int- 217. 218. 639. 676. 793. 859. 1043. 1069. 1299; in- 355. 462. 498. 850 215. 264. 568. 1028. 1042. 1075). ɛ̂z (û, v [*vereinzelt auch* u, v. *wie ich immer in den lesearten schreibe*] *steht für* u, û, iu, uo, ü. üe *d. h. der schreiber setzt* u (û) *für* iu *und* uo *und kennt keinen umlaut*). saszen (*mit ausnahme von* gewazzen: sazzen 1024 *und* wuhszen 1318 *immer* sz *für* hs). 4. diser. fruuwe (*immer* au, auw *für* ou, ouw: aw *für* ouw 358. 587. 600. 613. 639). alzu hant (*ohne ausnahme* zu. zur *für* ze, zer). 5. vm — vm (umb *habe ich immer für* vm. mb *für* um *immer in* umbe, ümbe, krumb -es. -en, krümbe. kumber *gesetzt; hier und* 295 *könnte auch zweimal.* 299. 1216. 1269 *einmal* umbe *stehen*). lude (d *gewöhnlich im inlaute, häufig im anlaute für* t, *dagegen* t *für* d *im anlaute* 36. 76. 315. 502. 559. 882. 908. 1031. 1145). 7. sie *immer für* si. 8. yn (y *sehr oft für* i. *seltener für* i: *doch gewöhnlich* ei). 9. Ir hantfesten vñ briefe sehen. (*nur mit ausnahme von* vart 1286, viel 1254, ver- [*jedoch* fer- 1082], vil, von, vor *steht immer* f *im anlaute, und* grauen 1321, freuel 537. 789 *ausgenommen auch immer* f *für* v *im inlaute;* ff *häufig im inlaute, einige mal im auslaute für* f). vn *habe ich nach bedürfnis des verses in* und *und* unde *aufgelöst.* unde *für* vnd 26. 53. 76. 209. 217. 371. 377. 633. 774. 819. 833. 930. 85. 375. 973. 983. 1153. 372. 1087. 1347. und *für* vnde 96. 98. 402. 673. 1338. 62. 1230 *gesetzt. vgl.* 433 *und* des vierlen tages Constantin hantvesten und die brieve ein gap dem babest úz erlesen *Silv.* 1699. 10. 478 *geschen.* wie (*immer* wie, wer, wes, was, wo. war *für* swie, swer, swes, swaz, swâ, swar). 11. rechte (*mit ausnahme von* niht, *das gewöhnlich mit* ht *geschrieben wird und wofür auch einige mal mit*, 888 niet *vorkömmt, fast immer* cht *für* ht, *auch* reh, lch *für* rh, lh). 13. 630 sulde, *noch* u *für* o: suldent 1212. wuld (e) 626. 629. vffenlich 350. 894. 15. gar lützel unde kleine troj kr 22921. gar lützel und gar (vil) kleine 27726. 29811. gar lützel unde selten 32239; *und darnach ist das dem späteren schreiber und dem beurbeiter für den druck nicht mehr geläufige* lützel *im Alexius* 669 (*das erste*) *vnd im Engelhard* 6069 *für* kleine *wieder herzustellen.* 16. sinez (*das genitivische -es* (s) *steht nur:* 151. 157. 193. 554. 558. 801. 830. 1063. 1083. 1201. 1252 und, *mit ausnahme von* dez 1063. 1155, *immer in* des *und* wes). 18. grozzen (*im inlaute, mit wenigen ausnahmen wo* sz — *auch* 845 *und* 955 *für* ss — *gebraucht wird, steht* zz *für* z *und* zz; *im auslaute erscheint vereinzelt* zz *für* z). 19. 267. 413. 487. 587. 729. 633 *steht ein grosser rother anfangsbuchstabe auf zwei zeilen.* 97. 351. 535. 639. 765. 777 *(falsch).* 807. 893. 1115. 1129. 1157. 1199. 1305 *das zeichen* C *zur bezeichnung der absätze.* 105. 185. 665. 929. 1011. 1093. 1285 *lasse ich abschnitte beginnen.* kwam (*immer* kw *für* qu). 22. die (*ohne ausnahme für* diu, *wie nie die unterscheidung des nom. sing. fem. und plur. neutr. durch* iu *erscheint*). 23. 675 *u. s. w.* konde *neben* kunde 32. 1195 *u. s. w.* (*so findet sich meist in denselben wörtern* o *neben* u). 25. raub (c *habe ich ebenso zugesetzt bei den substantiven:* 165. 281. 339. 399. 433. 562. 587. 613. 617. 711. 769. 897. 901. 982. 999. 1157. 1178. 1249. 1250. 1271, *bei den adjectiven:* 289. 458. 845. 1080. 787, *bei den adverbien:* 211. 213. 247. 266. 325. 571. 784. 796. 814. 1171. 1177. 1238. 1286. 49. 353. 481. 887. 202. 434. 533. 1353. 48, *bei den verben:* 69. 107. 133. 138. 186. 284. 336. 380. 384. 409. 414. 429. 438. 440. 478. 495. 501. 504. 529. 532. 570. 574. 626. 679. 714. 743. 752. 783. 792. 800. 802. 861. 904. 954. 1027. 1048. 1066. 1099. 1141. 1180. 1239. 1241. 1243. 1245. 1251. 1272. 1280. 1286. 1299. 1336. 1341. 1342. 1356). 29. 422 geturste. *so noch* u *für* ö, œ 36. 566. 31. do (*die handschrift hat nur* da 34. 57. 70. 107. 474. 495. 546. 612. 837. 863. 871. 949. 1236. 1326. 1312. *sonst immer* do; *auch wo* 434 *und so* 1273). 32. Gein dê. daz er hie gestrite dem (: Hectorem) mit herzen und mit handen *troj. kr.* 27042. vró Pallas und vró Júnô die wánden ir gestriten 2555. vier schar die möhten wol bi namen gevehten und gestriten zwein 33291 *neben* die dô striten gegen in zwein 33237. *Grimm gramm.* IV. 692. 844. 33. Geurleugen, gevbet 1051. 34. zu allen, zu eime 513. 1341, zu einer 1062. 1121. 38. noden (*wie immer* o *für* œ *und* ö). 41. abentur, abenture 1352: auentur 199. àventiur (: fiur) *troj. kr.* 28580. 37110. 45. dar inne, dar in 911. 47. kweme (e *immer für* œ). 55. maneye. 56. Neumagen. 57. karle sich nider do. *da für* Karle 42. 145. 214. 843 *nicht* Karl *gesetzt werden darf, auch* 80. 267 Karle *steht, so habe ich durch die leichte änderung kein schwanken zwischen* Karl *und* Karle *zugegeben und aus diesem grunde auch* 97 Karlen *geschrieben.* 58. dâ *fehlt.* er hiez dâ für sich unde bat die fürsten úz dem lande komen *troj kr.* 17792. 60. woldel hette zu. *vgl.* 195. — 60 *hat vorn die bezifferung* ijh. 160 iij h. 260 iiij h. 362 vh. 462 vjh. 562 vijh. 664 viijh. 762 ixh. 862 xh. 962 xjh. 1062 xijh. 1218 xvh. 1318 xvjh *und unten auf* 10ᵇ *steht* Summa xvjh rimen vnd xl rinnen. *aus dieser zum theil fehlerhaften zählung dürfte sich jedoch mit bestimmtheit ergeben, dass, wenn auch, wie der custos* d *auf* 2ᵇ *und* f *auf* 4ᵇ *beweist, zwei blätter dieser lage fehlen, doch nur das zweite blatt der lage den schwanritter und zwar mit* 110 *versen auf* 4 × 36 *liniierten zeilen (wegen der überschrift und des grossen anfangsbuchstaben vgl. zu* 291 *und* 431) *begann, und dass das nach* 1122 *fehlende blatt* 141. *mithin das ganze gedicht* 1642 *verse umfasste.* 63. rechte. *altdeutsche wälder* rechte *und darnach Haupts besserungsvorschlag zu Engelh.* 716. er saz still unde hörte ir kriegen unde ir vehten und wolte nach dem rehten rihten willeclichen dô *troj. kr.* 2588. gestêst dû minem rehten bî 2610. 64. 84. 273 hirtzoginne. prauant (*immer*). 65. nû si *oder* dô si *für* als si? — *vgl.* die zwêne boten riche, nû si —; dô *troj. kr.* 26941. diu künigin stolz und gemeit. dô si —; dô 19759 *neben* der junge fürste wunnesam, als er —; dô *Otte* 70. 67. 363. 967 irre: yrme 290. 294. 1003. 1317. 1323: yren, yrê mute 669. 610; yren 89. 234 (*vgl. die anm. dazu*). 299; irre 1153; yren lute 658: yrn 1002. 1010. 72. 1323 bekant, *vgl.* 266. 73. suchtent. 79. 131. 547. 1286 vffe. 82. ane gesichte. 86. Vô dem vo saszen: *die besserung von Jacob Grimm*, *gramm.* IV. 845. *an das v des zweiten von ist mit blässerer dinte o und ein strich darüber gemacht; vgl.* 309. 3. 71. 351. 521. 777. 97. karle.

105. blieckete; wysete: hoch geprysete 144, *nicht* wiesete: hochgepriesete *altd. w.*, *gramm.* 1². 144; *sonst nur noch* siegeboren 1095. ziemer 939. 106. wunnenclich (*immer*, *wie auch* minnenclich, innenclich, taugenclich: *sonst* - eclich, 343 - eglich). 108. Flog: klober 808. 110. 172 ketten. ketene *Silv.* 803. 117. hatte (*gewöhnlich*; hede 498. 660; hat 123. 210. 896. 979. 1078). 119. Des liechter schin. die truogen schœner varwe cleit, daz liehten schin den ougen bôt *troj. kr.* 17399. diu (rôse) liehten schin den ougen bôt mit ir gezierde wunneclich 32418. der (löuwe) liehten glast den ougen bôt mit sime tiuren schinen 30844. der wâfenkleider bûren den ougen liehter varwe schin 29876. *wegen des geschlechtes von* spalier *vgl.* 1031. 1046. 1275. 120. phalmat syden. *vgl.* 1047 *und troj. kr.* 32282. 122. *Lohengrin* 721 *f.* 124. heubet (*immer*, *ebenso* gleuben). 125. Da durch ruwe besunder. *denselben fehler begeht der schreiber* 296. 823. 460. 486. 556. 586. 874 949. 1236: *auch* 542, *wo er ihn verbessert.* 126. Ich sagen; ich sehen 1168, gebyeden ich 520, kiesen ich 1164. ich kennen 515. (ich) sleiffen 828. vch (*sowohl für den dat als acc. pl.*) 127. 1056 wolt; 794. 1100. 1233. 1246 wollent; wulle 410. 556. 560. 793. 130. waphen kleyt (*wie hier habe ich in diesem worte noch* 227 *f für* ph. *sonst* p *für* pp. pph 934 *geschrieben*). 132. die übereinstimmung dieses verses mit 160 ist Kunrad nicht zuzutrauen. —? der swan gevar alsam ein snê == *Parz.* 1308. *vgl.* 1040. 133. ? der fuorte; 261. ? der giene; 951. ? der schein; 137. ? den zöch. 135. wâren] marner. *die besserung von Haupt in den anmerkungen zum Engelhard.* 138. eben (*wie hier habe ich ein* e *zugesetzt* 876. 914. 918 977). 141. 160 albez *neben* elbez 237. 247. tet (: stet). 155. bevant *altd. w.*. gesach, bevant *troj. kr* 293. 9384. 19360. wande als Ritschier daz gesach und bevant diz mære *Engelh.* 3233; daz man daz wunder nie gesach *troj. kr.* 11325. 12279. 167. Abe. 850 Obe; denne 228. 412. 981. 1092. yme 527. 161. bluwende. 165. brenge; denge; brengen 245. 846. resen 592. wedewen 718. 172. Eine; mine 626. sine 1255. wunnenbere. 182. 1278 harnesch 187. 325. 1119 alle gemeine;

alle sine 1255. alle sin 1302   190. kwamen sie.   192. do bleip
timmer bliben. gleubon. gluck *neben* ungelucke. glich *neben* geliche 592).
195. wolde.   197. 1208 alsö] so.   ir inneclichez herzeleit wart sô
klagebære und alsô gröz ir swære. ez möhte got erbarmen *Alex* 1288.
202. Do mid auch her vnder.   hie mite und ouch dar under *troj.
kr.* 5370.   203 urke *vgl.* 113. 211 *vnd turn.* 325. wo burken *in* arken
zu bessern ist, nach troj. kr. 2181. 28571.   217. 1043 inphyng. 489.
enphingen; gyng 261. 1044. 1310.   nummer *und* vmmer *ohne ausnahme;* luhe 839.   wart ie kein man enphangen wol. den man nâch
wunsche enphâhen sol, sô wizzent. daz man ouch enphie den helt sô
werdeclichen hie. daz nieman ûf der erden baz kunde enphangen
werden von rittern und von vrouwen *troj. kr.* 10085. *ähnlich* 20389.
23169. *Engelh* 645 — 58. *Silv.* 2723.   226. wol *fehlt. ergänzt nach brieflicher
mittheilung von Wilhelm Grimm*   229 wurden *ist hier aus* 226 *fehlerhaft
wiederholt; es fehlt entweder ein adjectiv zu* bure *etwa* scheene. *vgl.* er (*der
krum*) was von sinen knehten ûz dem kiele dâ getragen und ûf den
schœnen wee geslagen *troj. kr.* 28276; *oder ein adverb zu* tragen. *geradezu
dasselbe wort statt eines andern wiederholt der schreiber noch* 259. 423. 586. 597.
617. 700. 761. 928. 985. 1118. 1233. 1282; *auch nimmt er ein dem folgenden
vorae gehörendes wort voraus:* 592. 1034. *oder wiederholt ein vorausgehendes* 550.
1106. *was nicht durch ein underes ersetzt werden muss; ja er schreibt sogar ein und
dasselbe wort neben einunder* 505. 1125. 1246. — müesten 406. 409. riuwen
1207. 1208. schœne 645. 674. 678 *und die fast ganz gleichen verse* 1115.
1199 *beruhen wohl auf diesem fehler; doch dürfte bei der leichtigkeit, mit der
sich die beiden letzten stellen ändern lassen. nicht leicht ein vorschlag genügende
zustimmung finden.*   233. von *ist zu tilgen.*   234. vren gruz. *das possessiv*
iren *statt des organischen* yen. ir *darf* Konrad *vereinzelt nicht abgesprochen
werden; jedoch kann es auch hier einschwirzung des schreibers sein, der alle
vergnus, vgl.* si dunket inwer rede ein spot und machent alle drûz ir
(iren *Strassburger hs.*) schimpf *troj. kr.* 17915 *und die ähnliche stelle der
von ihrem verfasser dem Konrad von Würzburg aufgelogenen erzählung von der
birne:* sû mahtent alle uz im iru grus und tribent mit im iren (irn
hs.) schimpf. *Strassb hs.* 50ᵃ.   240. vil] wol. *rgl* 279.   242 850 swenn]
Wan.   243. Wan ich dich. *diese zeile steht nach* 244 *und ist vorn mit* a.
244 *mit* b *bezeichnet*   249. wo. wee *wechselt mit* se. we: *jedoch steht
immer* œ.   250 lies dâ.   255. Vo erwelten.   256 ritterliche. vppecliche 1219. *vgl.* 1032.   257. Dorch wonder wart er an gesehen.   diu
wolle diu wart bi der vrist ze grôzem wunder an gesehen *troj. kr.*
10101; *ferner ze* (zeinne) wunder an sehen. kapfen. starn 10161. 15318.
19572. 23059. 26444. 3075. 14689.   258. man spehen. *wenn auch dem
vorae durch* man gespehen (*Houpt zu Engelh.* 366) *genügt wird, so ist doch
an* gesehen; man gespehen *bedenklich* (*vgl. zu* 7001; *auch* herren spohen
hilft nicht; ritterlich *muss entfernt werden, das auch* 256 *steht. meine besserung
wird nicht zu gewagt erscheinen, wenn man unterstellt, dass der schreiber man statt*

ritter *und dafür in der folgenden zeile* ritterlichen *schrieb. vgl.* dô si den ritter wunneclich mit ougen an gesâhen. man hôrte in wol enphâhen mit gruoze frouwen unde man; diu sâhen in ze wunder an und lopten alliu siniu dinc *troj. kr.* 19568. *rgl. zu* 229. 259. wunneclichen] ritterlichen. 272. eht aber ûf] aber. ûf *von Haupt zugesetzt. vgl. troj. kr.* 25730. 2590. 36186. 276. gebeine. 279. vil] wol. diu vil keiserliche fruht *troj. kr.* 37977. maget 16811. stift 23179. der v. k. wille *Silv.* 147. daz v. k. wip. *troj. kr.* 313. 28672. *von der minne* 141. *vgl.* 878. 286. hermel. 288. schappel. 291. *der schreiber benützt zu dem blatte, welches jetzt das dritte ist, ein schon beschriebenes, auf dem die beiden ersten zeilen freigelassen waren und auf dessen* 3.. 4. *und* 5. *zeile weit eingerückt, um das fehlende* G *darauf zu setzen, aber ausgestrichen steht:* Ot aller dynge Ein vberkrafft Gyb (*Massmann, kaiserchronik* 3. 105.). *dadurch dass er auf die* 5. *zeile* Von golde cor Gyb *setzt, lässt er wohl wegen mangel an raum* ouch *weg.* von golde und ouch von gimmen *troj. kr.* 11293. — *der Welt lohn* 240 *less ich jetzt* von wibe und ouch von kinden == *schwanr.* 1271. *ebenso turn.* 566 mit röte und ouch mit wize == *troj. kr.* 19947 *Engelh.* 2969 mit wize und ouch mit röte: *und so ist* ouch *zusammetzen turn.* 776. *Engelh.* 2556. — und ouch *vor präpositionen bei dem zweiten substantiv, wenn beide substantive in einer verszeile stehen, habe ich mir aus dem schwanr. 1mal, ausserdem bei Konrad noch* 24*mal aufgezeichnet.* 293. lies an geschriben *mit der h.* 296. So wer der wonsch an ir bekant. 297. sellden ein. aller sælden überhort, übersoum. überfluz. übermez *troj. kr.* 29369. 5687. 20029. 38897. 298. mute. 304. gelich *Haupt,* so glich. 310. *lies* hât. 316. enthyrben: herscheinen 734. 319 Godefride (*immer* Gode - *für* Got - *in diesem worte*). 323. Verstozzen sin bruder vns doch. 328. 485. 528 zeim] zu. *so Haupt* z'erbe *schreibt.* 332. gab (*öfter* b *als* p *im auslaute*). 335. gewelde: gewelteclich 481. 1065 337. verliben. 345. Gnade (*so habe ich noch das* e *getilgt* 437. 465 491 611. 770. 1115. 1173. 1199. 538. 753). 350. Vns vffenlich 356. Prauanden hat. 363. *immer* plegen. plicht. kamp. kempe *neben* kemphe 958. kempen. gelymp. kop. appel grw. 365. hensit. 370. 448. 492. 497. 508. 554. 576. 1068. 1208. 1328 sal. 376. bilche. 380. 425 sô *fehlt.* 382. ist *fehlt.* 384. Warum, darum 803. 388. do keiner. 393. Hirtzoge vñ gewalteg. sin vater was ze (*mit* V) Swâben herzoge vil gewaltic *Otte* 57. got herre (künic, ein vûrste) vil gewaltic *Silv.* 1786. *Engelh.* 735. *Silv.* 1814.

405. Enphahen. *die besserung von Haupt zu Engelh.* 4341. 410. wulle mide. 417. lant retiere (*immer*). 423. urliug | kriege. *durch einschieben von* cht *wäre eine bessere betonung hergestellt und der hintus vermieden; allein* den kriec 408. ze kriege 414 *erheben zur gewissheit, dass hier ein anderes wort für* kriec stand, *vgl. zu* 586. 425. mogen. moge 569; zoge 570. 430. muden. 431. unser. *von Haupt erglänzt, fehlt sowohl in dem verse unter den linien auf* 3ᵈ, *als in demselben verse nach dem unvollendeten, folgenden gedichte auf* 4ᵃ, *wo oben zwei zeilen freigelassen und die*

zwei ersten verse wegen des fehlenden G, das gross gemalt werden sollte, auf vier zeilen vertheilt sind: (G) Ot aller dinge ein hoch begin Gyb yn kraft vnd auch sin Daz sie fersŷn die cristenheit Den diz buch ist bereit Got herre in diner ewekeit Diner dryer namen vnderscheit Ein gotheit beslozzen hat Din vnderschryben trinitat Gleuben ich herre daz du bist Der got des rat vnd gotliche list Der erslen ort des hymels reiff Wislich besloz vnd vmme greiff Den widen gryf also befieng Vnd naturlich znsamen hieng Luft fivr waazer vnd erde Der von hymel her vff erde Sin ewecliche gotheit Mit siner menscheit vndersneit Vnd sine vil hohe trinitat Alsus vnderbildet hat Vater sun vnd heilger geist In dryen namen ein folleist. *Ebenso ist das 23ste blatt der handschrift, auf dem dasselbe gedicht jedoch nur bis vers 10 geht, zur fortsetzung des schülers von Paris' verwendet worden. Da derselbe schreiber, von dem die ganze handschrift geschrieben, auf diesem blatte nur zwei zeilen nach dem raum für das G für die beiden ersten verse bestimmte, so lässt er hoch und auch weg, was einen weiteren beleg für seine nachlässigkeit oder willkür abgibt. vers 3 schreibt er* vor sin der. 9. Geleub. 10. gotlicher. 438. Vnd laz vns sine. 447. gelte *in den altd. w. ergänzt, vgl.* 546. 451. 1155 wizzent. konnent 1148, muzzent 1154. 459. Was ez. 460. Daz er sine gulde vnd sin lant. ? dér sine gülte und onch sin lant, *freilich steht* 458 ouch: *oder* dér sine gülte und siniu lant *vgl.* 727. 461. Gebe wur — truge. *vgl.* 332. 462. inwas nit vngefuge. ungefuoc *troj. kr.* 12956. 21884. 474. 599). 1141 geturste. 476. Dan an. 484. 642. 553 od] Oder. Ader. 486. Wil vns sin helfe niht bi gestan, *wo Haupt liest* wil uns sin helfe niht gestân: *doch vgl.* 711 *neben* swenn im diu helfe min gestât mit vlizeclicher andâht *troj. kr.* 3176. 487. Antwort. 490. *ist auf die letzte zeile von 3ᶜ nachgetragen, vorn mit* „a. 491 *mit* .h *bezeichnet, ebenso steht* 660 *unter den linien auf* 5ᵈ. *durch* „a *vor* „h *bei* 661 *gewiesen.* 691 *auf der letzten zeile von* 5ᵈ *ausgestrichen, beginnt die erste zeile von* 6ᵃ. 493. län *Haupt,* lazzen. 498. gelimpfes *Haupt,* gelymp.

505. vnd vnd vbermutkeit 515 kennen. sô (daz, doch, hie) weiz ich unde erkenne wol *Engelh.* 4032. *troj. kr.* 1817. 14103. 14441. 22361. 28815. *Pant.* 1712. abgeändert wizzen unde erkennen *troj. kr.* 19236. 34431. *gold. schm.* 1826. *Silv.* 4932. iedoch (dâ von, für wâr) erkenne ich unde weiz *troj. kr.* 18152. 22162. *Engelh.* 4615 (*wo jedoch* bekenne *steht*). 516. dorsh ir waren schulde solt. 521. dem fürsten] Deme *vgl. zu* 86 *und* 17. 536. 897, *oder mit Haupt* deme von der Sahsen lant. 533 — 534. sie — Gescheide. 542. Ich" wol in der mazze "han. 544. mac *fehlt, das von Haupt vorgeschlagene* wil *hilft dem fehler ab, schien mir jedoch wegen* wil *in der folgenden zeile nicht geeignet.* 546. geldz; leidz 1123. 549. swerte slegen. dô wert er sich mit swinden und mit starken swertes slegen *troj. kr.* 9781 *und Engelh.* 4014. *troj. kr* 4038. 556. mich ieman *Haupt,* yeman mich. — ? welle eht ieman.

558. arbeit. arbeiten 772. 564. wirt *altd. w..* wir. 585. Schier in kortzen stunden. schier unde in kurzer stunde *troj. kr.* 6638. 5660 schier unde in kurzen stunden 20365. 31733. 37085. gold. *schm.* 1881. schier unde in kurzer wile *troj. kr.* 8915. 30643. 566. Hie muzzen tutliche wunden. wer wolte si dâ scheiden? niuwan ein tœtlich wunde diu mûeste bi der stunde ir zweiger rehten understân noch anders nieman ûf dem phin *troj. kr.* 12759. 572. hermet. permint *Sile.* 4694. 578. im *altd. w.*, vn. 580. von *Haupt*, vnder. 583. Den sygenunft erfehten. *nur noch Silv.* 1148 *das masc. statt des bei Konrad nur als fem. gebrauchten* sigenuft. 585. ? Brûbánt dâ. 586. *lies* strite *für* kriege *der hs. cgl.* 589 *und troj. kr.* 1283 und einen kriec dâ machte, von dem sich hüebe ein michel strit. *wo die bedeutung von* kriec *rechtsstreit, wie* 551. 655. 569. 579. *klar hervortritt.* k *ist aus* n *gebessert; der schreiber setzte also wohl das ihm geläufige* krieg *statt* strit *seiner vorlage.* ze strite wurden alle gereizet dâ dur sinen tôt *troj. kr.* 25724. 591. kreften riche. 592. nirgent lebte. 594. und *W. Grimm und Haupt,* wan. 597. wart] wz. er schein sô freches muotes, daz er zen besten wart gezalt *troj. kr.* 30125. 598. stritheren. 599. Niemant.

608. frecher *Haupt*, frech. 610. ûz *altd. w.*, *fehlt.* die (smerzen unde trûtschaft) liez der ritter ellenthaft ûz sinem muote slifen *troj. kr.* 28585. 618. etlicher. 635. Ich stozzen yne *die altd. w. erklären: die streitigen sachen (anstösse) durch vertrag beendigen und verweisen auf Halt aus v. Stoss; allein die* stozzen *statt die* stœze *ist falsch; ich habe* daz gestœze *gesetzt. und glaube, dass dieses, wie* stôz. *ewist, streit (Schmellers wtb.* 3. 662) *bedeutet, wenn auch beide wörter nicht in dieser abstracten bedeutung bei Konrad nachzuweisen sind.* 637. kam. 639. schiere *W. Grimm.* ser. *rgl. Gotfr. Tristan* 373. 16. 640. Als noch. 644. dâ von *altd. w.*, Des wart. *besser nach der hs.* dês wâr = *Mel.* 13°. *troj. kr.* 3444. deiswâr *von der minne* 96 (dust war *Strassb. hs*). 645. Die schonen do begonden. *rgl.* 639 - 643. 648 - 664 *mit* 665 *ff.* 646. An den selben stonden. 647. sorgen] leide *rgl.* 644. in sorgen vaht er unde ranc *troj. kr.* 35758. nû daz er in der nœte vaht und er mit sorgen ranc alsus 35771. 656. lipnarunge] naruuge. lipnarunge *troj. kr* 585. *Alex.* 407. lipnar *troj. kr.* 529, 23777. 657. einre. 658. Yren lute. 660. *ist unten auf der spalte nachgetragen. steht dadurch* ir (*rgl.* 658. 659. 661) *fehlerhaft?* 665. Und als? 667. aller. 671 — 75 = 1191 — 94. *rgl* 734 -- 35. 676 — 77. Do von sie nieman wolt in binden Vm ir strengez vngemach : *verbessert von Haupt* 678. 1244 bermecliche. 685. nôtgestalde *s. zu Athis E* 76. 690. wê] Owe. 694. milte.

700. was *W. Grimm*, wart. *jedoch führt W. Grimm zur geschichte des reims s.* 79 *diese stelle* (wart gekrœnet: wart beschœrnet) *auf. sowie* wart bereit: wart geleit *Alex.* 1271. *wo Haupt was* bereit *gebessert hat.* 702. hymelsche. 1340 hymelschez. 703. kreften. 704. ritterschellen. 706. sie zu fliezen. zuo fliezen. zuo sigen *troj. kr.* 2359. 7170 15431.

24324. 28093. 38317. 706. Sulle wir. 708. got von hyme. 718. der — und der *vgl. troj. kr.* 21478 (*druck* unde *für* und der). *Sile* 5036. *troj. kr.*27880. *von der minne* 264. *turn.* 698. 722. gnade. 736. bluwende. diu blunde *troj. kr.* 17228. 19798. 20680. 752. triuwe *Haupt.* getrn. 756. od aber] Oder. od aber hie (dâ) geligen tôt *Engelh.* 4642. *troj. kr.* 32097. old (od) aber tôt *troj. kr.* 8234. 25648. 30480. 6772. 757. der] dirre. 759. und zeime] Nu zu. 760. eht *fehlt.* 764. mit kampfe] By namen. 762 *ist* m *in* bi (bi namen) *geändert; ich glaube also, dass der schreiber hier* mit kampfe *schreiben wollte, diesen fehler jedoch verbesserte, aber auf der andern seite des blattes schon wieder die änderung vergessen hat und* 764 By namen *schrieb (vgl. zu* 229). 767. weinde. 769. vngemud. 770. flizeclichen *Haupt.* flizzegen. den göten wart von ir geseit lop unde flizeclicher danc *troj. kr.* 35355. 774. ougen unde lider (lide) küssen *troj. kr.* 5346. 37466. *Otte* 725. *hiernach ist* hende unde lider *Sile.* 5154 *in* ougen unde lider *zu bessern, wie auch der schreiber der Strassb. hs. in* si vnd ir munt *troj kr.* 8004 *für* ougen unde munt. *wie die andern handschriften lesen und* 9130. 15069 *steht, anstand an dem worte* ougen nahm. *wahrscheinlich dürfte auch* Ohren des alten *druckes in Engelh.* 6416 *durch* ougen *ersetzt werden, aber nicht:* ir wange, ir ougen unde ir munt = *Gotfr. Trist.* 38, 6; *da ich neben* wangen *troj. kr.* 3028. 19953 *keinen nom. oder acc. plur.* wange bei *Konrad nachzuweisen vermag, sondern:* wangen, ougen unde munt = *troj. kr.* 16736. ougen. wangen unde munt *heein* 7504. munt. hende (wange *B.* wangen *D*) und ougen 7978. munt und hende küssen *troj. kr.* 15840. 775. Gutlich. 781. sô geudeclichen *Haupt,* So geweldeclichen. 785. zeime] auch zu. ze kampfe und zeime strite *troj. kr.* 8231. 9333. 31101. 35105. 40401. *vgl. zu* 1163. 787. altfater. 790. fruwe *in* fruwe *corrigiert, indem* v *über das unterpunctierte* n *gesetzt wurde.* 795. sô] Jo. mir *altd. w.,* niht. 805. inch *altd. w., fehlt.* 810. zauber. 820. dan. 828. inch ich *altd. w.,* ich vn. sleiffen. in einen blâwen pliât diu schoene was gesloufet *troj. kr.* 7465. in lindiu tuoch gesloufet wart ez ze keinen stunden 6076. 831. dax *fehlt.* 840. keinez. 849. swie lützel ez im tohte *troj. kr.* 36560. 37564. daz din gedanc ze kamphe wênic tôhte 35873. 851. sin* sterke. *altd. w.* sinem drucke (: rucke) *und darnach Lachmann zum Iwein* 1017 *vgl. gramm.* 1³, 161. *Konrad hat nur* rücke (: gelücke) *troj. kr.* 34754. *Otte* 643. *Engelh.* 4924. enthalten *mit dem gen. troj kr.* 9675. 29777. enthalten vor *schwanr.* 859. *troj. kr.* 11975. 856. einez *Haupt, altd. w.,* yto eins. 873. hermeln. 874. Vnd was sin kop gar tur gebriden. 875. swart als sam. 878. ab *Haupt,* von. uls ob si von im si gesniten und êrst ab im gehouwen *troj. kr.* 15298. die töten von den orsen risen als ab den boumen gelwez lonp. 12521. *ryl.* 984. 883. weich unde niht ze rösche *troj. kr.* 5950. glanz unde niht ze timber (tunkel) 17608 27496. sanft unde niht gewinde 13978. sament und niht besunder *Engelh.* 1061. 885. rôt — blanc — brûn *vgl. troj. kr.*

3024—31 **und altd. w.** 1,21. 889. Swinde. 891 heubt mit yme tragen von dem schreiber in eyme cragen gebessert. 899. her dar. 905. ez. habe ich nach der eigenthümlichkeit Konrads z. b. schwanr. 932. 933 gesetzt: Houpt will alsam; auch könnte man reht als zur abwechslung gegen das vorausgehende alsam lesen nach troj. kr. sin helm lieht unde reine was herte alsam ein adamas und gleiz reht als ein spiegelglas 9584. 906—28. = turn. 398—420. Da das turnier, wenn ich die handschrift in München verglichen habe, demnächst erscheinen wird, so übergehe ich hier die verschiedenheiten beider abfassungen. dort, sowie in den liedern, für die ich eine vergleichung der Pariser handschrift meinem freunde prof. Karl Bartsch verdanke, soll das hier für eine gelegenheitsschrift vielleicht schon zu weit ausgesponnene material in den anmerkungen, das doch nur änderungen des textes rechtfertigen soll, seine ergänzung finden. 910. striffete ist von dem schreiber in striffehte gebessert. 914. reht dar in. 915. am (ain?) — adalar. 917. „trug: „klug. 918. 923 phahen. zwô stangen phâwenvederin mit einem rôten samit edel bewunden ûf biz an den wedel, die sach man heften unde kleben an dem rilichen huote eneben sam si gewahsen wæren dran. von sime glanzen helme dan erlûhte diz kleinœte fin *troj. kr.* 33080. vgl. *Engelh* 2522. 925. plane. 928. schône] beide. *der schreiber wiederholt* beide aus 926; *das turn.* hat 418 **und** 420 schône. schone. der (schenkel) stuonden awêne schöne gnuoc geschrenket drûf in kriuzewîs und wâren die durch hôhen pris durslagen rôt von golde fin *troj. kr.* 33103. in criucewîs *Silv.* 1952. in kriuzestal *Pant.* 2083. 929. ziemer; koller 1086. gezogt. 933. selber. 934. fur. 937. plâne *scheint hier verdächtig,* da *es* schon 954 wiederkehrt, allein das im *troj. kr.* häufige ûf der plânie grüene war nicht wegen plânie 925 zu setzen, plâniure *steht* 999. heide 944. 1012. (1091. ûf daz grüene gras und zuo des plânes nelme); *sollte hier* ûf dem gevilde grüene wie *troj. kr.* 33326. 34143 gestanden haben? — vgl. schwanr. 1059. 1062. 1066. 1069. 1070. 1073. 1097. 1098. 1100. sowie 654. 670. 729. 736. 768 neben 645. 674. 678 (s. die anm. zu 229). 942. das t in Gesetzet ist übergeschrieben. 949. Den kamp gerne schauwen do da. da die altd. w. do ohne weitere angabe vorgliessen, so besserte Haupt gar gerne oder vil gerne. 952. ein) yn. ein striten *troj. kr.* 3940. 12736. 16864. 39286. 39710. 955. durch] Von. der wert begunde erkrachen durch den grinwelichen schal *troj. kr.* 9849. erkrachen von 10539. 12561. 16407. 25840. 963. "ge' biegen furen d. h. furen *soll sich an* ge anschliessen, oder lässt diese änderung auf noch grössere verderbnis schliessen, dass es heissen muss ûf unde nider füeren = *troj. kr.* 39478, weil zetal schon 969, wo es durch den reim verbürgt ist, wiederkehrt? — ûf und zetal biegen turn. 749. *troj. kr.* 30970. 35880. ûf und ze tal wegen 35604. 974. ritter ist über sasze geschrieben. 975. hier und in der gleichlautenden stelle turn. 215 fehlt dô; allein in den zwei ersten der folgenden stellen des troj. kr. mangelt das zweite dâ auch nicht einer handschrift: Pârisen er heruorte. dâ man den helm dû strickte.

daz er vil nach genicket. was uz dem satele hinder sich. daz im der
angestbære stich benam niht sinen lebetagen. daz schuof daz golier.
daz den kragen verdecket hete mit ir kraft *troj. kr.* 34539 dâ man
den helm dâ knüpfet traf in der stolze degen zier 36220. in traf der
edel Hector mit einem ungefüegen sper sô sêre an sinen kragen her.
dâ man den helm dâ stricket, daz er zehant genicket was über sinen
satelbogen 39493. *die stelle des turn.* 215 — 220: (Richart Gotfriden
traf aldâ.) dâ man den helm dâ stricket, daz er zehant genicket
wart uz dem satele hinder sich und in der ungefüege stich mit kraft
und mit gewalte zuo der plânie valte *hat der umarbeiter des Laurin nach*
dô traf in der Laurin *Pommersfelder hs. f.* 83ª. *Koppenhagener (bei Nyerup*
sp. 11,1). *Regensburger* 75ᵇ. *Wiener nr.* 3007 S4ʰ. *Wiener nr.* 2959 64ᵇ (*welche*
von c. 2383 *des alten drucks in diese andere bearbeitung übergeht). Zeitzer* 29ʰ
(*bei Haupt* XI. 509, v. 322). *Frankfurter* 17ᵈ [*die Münchener beginnt erst später*]
eingeschoben Zu dieser umarbeitung gehört der text, den die Strassburger hs.
(*f.* 7ᵇ). *die alten drucke (der o u. j.* 689 — 694) *und die umarbeitung der*
drucke (*Schade* 647 — 652. *Ettmüller* 693 — 698) *bieten* 976. nah.
977. *v uz rgl. die* en 975 *angeführten stellen und* daz in der ungefüege
stich bald uz dem satele nebent sich zuo dem gevilde brâhte nider
troj. kr. 36206. 981. Mitten. die lanzen brach er und den schaft
enmitten uf dem schilte sin *troj kr.* 35995. 984. sie aber yn. 985.
Die scheft vnd auch die spriezzen. ein ander si dû trâfen sô vaste
mit den scheften daz von ir stiches kreften die lanzen beide sich
ercluben und in diu wolken ûfe stuben die schivern und die sprizen
troj. kr. 3935. *rgl.* ze (von) schivern und ze (von) sprizen 12231. 32147
40160. ze stücken und ze schivern *turn.* 213. ze sprizen und ze dro-
men *troj. kr.* 33900. ze stücken und ze trunzen 6041 *und ausserdem*
12011. 33607. 39444. 34535. 992. weder. 998. ender. 1000. stup
vô wilden.
1001. gneiste] geniste. rotgemâl *gramm.* II, 663, rot gefal. si
sluogen daz die gneisten (: geleisten) des wilden fiures dicke alsam die
donreblicke uz dem gesmide sprungen *troj. kr.* 3958. er sluoc, daz
manic gneiste des fiures uz den helmen stoup 12584. vil manic gneiste
rotgevar 34578 *und* 33127. 33440. 33927. wizgemâl 31807. swarz-
gemâl 22461 *und häufig* liehtgemâl. 1004. do niht bliben 1005. foch-
ten. 1006 Slag vii slag. 1013. Triben sich vm. ein ander si
sich umbe triben *Engelh.* 4902. 1019. Bestrauwet. 1025. vn geben
1031. daz] den. 1032. vngefuge; vertane 1211. 1034. dô *altd w* ,
han 1035. lyngten. 1038. nieman. 1040. reht *fehlt* ir hant snê-
wiz reht als ein harm *troj kr.* 23110. — ? den swanen. 1042. ? kloup
rgl spielt 1028. dô sluoc Anthilion der helt Pârisen uf des schiltes
rant, daz er sich cloup von siner hant und einen witen spalt en-
phienc *troj kr.* 33160 mit dem (*schwerte*) sô kloup er unde spielt helm
unde gebel im enzwei 32580. 1045. gewaffen 1046. die spalier.

4

1047. Die. 1049. Gestruchelt dot vñ wont. gestrûchet sin *Haupt*. *altd. w.* — ze tôde wunt *troj. kr.* 16817. 20807. 22607. 25540. 25750. 39356. tôtwunt 25728. 40087. 1050. nahe. 1054. den. 1056. nú] noch. 1063. wan sin lebetage: trage. 1075. daz *altd. w.*, Der. 1086. die koller vñ kragen. gollier, collier *troj. kr.* 33191. 34544. 36222. 1088. in *altd. w.*, vm. daz in din scharpfiu snide von sime lebetagen schiet *troj kr.* 39829. vil geste er von dem libe schiet 39346. 1106. wart er. 1111. steht nach 1112 und ist mit a. 1112 mit b *bezeichnet*. 1115. tugent ein richer. — ? trût herre, tugentricher helt = *troj. kr* 8039. ? friunt herre *troj. kr.* 8094. 9100. 9226. 9240. 9489. 1118. tuot] hat. tuot mich sin minneclicher trôst von sender sware niht erlôst *troj. kr.* 8977. ich sol den künic reine mit miner helfe tuon erlôst 8771. 1123. 'die lücke wird (*altd. w. s* 50) enthalten haben, wie der schwanritter nach dem siege zum lohn sich die tochter wählt, die hochzeit-feierlichkeiten, das verbot nach seinem geschlecht und seiner herkunft zu fragen und die erste glückliche zeit, wo die frau die neugierde noch bezähmt und die frage zurückhält.' — iamer jamer. 1126. von vngemudez. mir wont sô riche selde bi *troj. kr.* 1988. sô wont dir manic tugent bi *Sile*. 2547 1127. über zu steht durch. 1138. ir *fehlt*. 1148. lies kunnen. 1155. vminc. 1163. zeime. 1339. zeiner] zu. ausser den zu 785 aufgeführten stellen habe ich ze— und zeime (zeiner) *in einer zeile schwanc*. 1121 und noch 11mal bei *Konrad gefunden*. 1164. Daz kiesen ich dar ane vñ bi. dar under-- und dâ bi *Sile*. 375. dâ (dar) — und dâ (dar) *gold. schm.* 71 und im *troj. kr.* 12*mal*. 1171. zebrochen: versprochen. 1177 zetrennet: erkennet. *meidet der schreiber hier* zer-: ver-, er-? zerbreche: verspreche *troj kr* 21649 erstochen: zerbrochen 33692. u s w. 1191. gar] vil. 1199. ?herr unde herzelieber man = *troj. kr* 10329; *wenn man* 1115 *nicht ändern will. das erste* t *in* tugentricher *ist aus einem andern buchstaben gebessert*.
1200 — 1. Den ich vor allo die werlt han Vnd wol gan eren vñ gudes. *Haupts besserungsvorschlag* den ich für al die werlt wil hân *lässt ausser dem verwerflichen* hân: man *die folgende zeile ausser* acht *in* vil eren unde guotes = *Alex.* 70. *troj kr.* 6664 könnte vielleicht wol *für* vil beibehalten werden nach wan ich gan im eren wol 4859. zu vor aller werlte *vgl.* ob ich dir vor allen wiben guotes gan *Heinr. r. Morungen, minnesangs frühling* 137.27. 1207. rein*. 1210. wande. *vgl. troj. kr.* 18996. 18278. *Engelh* 3326 1213. ich *altd. w.*, *fehlt*. 1225. Die von vch beide. 1227. Gewunnet *ist aus* Gewunnes *gebessert*. 1229. Getrulichen. 1231. martelicher, -en 1297. 1233. jâmer] leide. *vgl.* 1214 *und* 1195 *mit* 1198. 1236. Darumme doch ic da nit bleip. 1246. sel segel. 1249 auge 1263. lebonde: vergebende. 1267. fuzze. 1275. leit. 1278. wunnencliche far. 1282. minneclicheı wunnencliche. *vgl.* 1278. *die verwechslung von* minne *und* wunne *begegnet so häufig (so liest z. b. im troj. kr.* 19539 *die Strassburger hs umgekehrt* minne spil, *wo die Berliner, Würzburger, Zeiler*

und Sunct Goller hs. wunne spil haben), *dass man nicht einmal annehmen muss, der spätere schreiber habe hier* minne *aus dem zu Engelh* 977 *angegebenen grunde gemieden, wie in Bechsteins handschrift in der mähre von der minne, wo z. h.* 14 Von miniglichen dingen *von spaterer hand die änderung* wuniglichen *erfahren musste und schon gleich im anfange dieses gedichts* Das lautterliche mynne *in* Das der libe gewin (: yn meines hertzen sinne) *verderbt wurde.* 17. *lese ich nun mit der Heidelberger hs* mit inneclichen ougen. -- nu bräht im aber sin friunt der swan ein kleine gefüege seitiez *Parz.* 826, 16. nû quam mit ile ûf einem schif sin friunt der swan *Lohengrin* 723, 1. *Jac. Grimm deutsche mythologie s* 343. 1287. schffeline. 1289. dragen. *zu Alex.* 1313 wart tragen: ze sagen *(nur aus der Innsbrucker hs.)* hat Haupt *schon bemerkt, dass die zeilen nicht rein sind, hier und* 60 zu klagen: sagen *konnte leicht gebessert werden.* 1296. Die sach man. die aus 1295. ? si sach man. 1298. munden rn (: dru). *da der schreiber doch nicht sein* vch (*s. zu* 126); drin *setzen konnte, so hilft ihm um so leichter* ru aus, *da er auch* getru 752 *und* getrulichen 1229 *schreibt* in (: drin) *Engelh.* 711. 3501. in (: sprin) *troj. kr.* 12705. 18258. 21151. drin (: günahin) 3051. *gold schm.* 1898.

1302. weinde alle. *in fehlt. Haupt entfernt durch die schreibung* weincte *den hiatus. vgl.* si weinte in gar von grunde *Engelh* 2259. er kunde in weinen unde klagen mit liuterlicher andäht 5820. man hörte in weinen unde clagen die Kriechen algeliche *troj. kr* 40060. 1304. geswinde *von Houpt zu Engelh.* 716 *angeführt,* swinde. *nach* vil -- und ouch vil -- *Engelh.* 631. 1023 *von der minne* 241. *troj. kr.* 6395. 11119. 15168. 37607 *könnte man hier* und ouch vil swinde *schreiben, wenn nicht* ouch 1302 *stünde aber im Engelh* 5631 5966 *wird* ouch einzufügen sein, *wie ja daselbst* 5229 ouch vil *angesetzt ist, wenn nicht* gróz *für* michel *geändert wurde, es also der* michel unde schoene was *hiess.* 1307. sinen strazzen. waz touc hie lange rede mé? Jáson vuor sine stráze alsus *troj. kr.* 6891. 1308. kwam her wider (*vgl. zu* 316). 1312. h'tzoginnen. 1319. *das zweite* vil *fehlt. vgl. zu* 1304. 1320. beidiu *schlägt Haupt zu Engelh.* 716 ror, *beide. oder* beide und ouch? *belege dafür sollen die anmerkungen zu den liedern (bei Hagen MS.* II. 314. 8) *bringen.* 1326 -- 27. Lohengrin 503, 1 -- 3. 1338. kwamen. 1342. Da vone gleub ich dester. 1313. liezze. 1319. vor eine lude. daz wil ich hân für eine lüge *troj kr* 31012. 1352. Disc. 1358. der] Den. got gebe in stæter vröiden hort und éweclicher wunnen rât *Alex.* 1376. si niezent höher fröuden hort *Silv.* 1439. höher sælden hort 240. éweclicher sælden hort 200. fröudericher hort *Alex* 403.

--- ⚜ ---